D1356240

Waanzinnig verliefd

Van Bobje Goudsmit verscheen eerder:

Shoe Sjanah en de Spinnevrouw
Skeelers
Gabbers
Geen verbinding
Afscheidsbrief

Voor meer informatie:
www.uitgeverijholland.nl

Bobje Goudsmit

Waanzinnig verliefd

Uitgeverij Holland - Haarlem

Eerste druk, 2001
Tweede druk, 2002
Derde druk, 2003
Vierde druk, 2007

*Met dank aan Wies Obdeyn, arts bij De Rutgers Stichting in
Den Haag, voor haar informatie.*

DIT BOEK IS GETIPT DOOR DE JONGE JURY 2003

Ontwerp omslag: Ivar Hamelink, Haarlem
Foto omslag © Fotostock bv, Amsterdam (First light)

© Uitgeversmaatschappij Holland – Haarlem, 2001

ISBN 978 90 251 0859 5
NUR 284/285

1

De regen kletterde op het dak van het noodgebouw. Florien zat op de achterste bank in de hoek van het klaslokaal, leunde met haar rug tegen de muur en staarde over de gebogen hoofden heen naar de klok boven het bord. De secondewijzers kropen voor haar gevoel treiterend langzaam voorbij. Nog een half uur en dan zat het vijfde uur er ook alweer op. Ze gaapte. Het eentonige geluid van de regen was absoluut slaapverwekkend, ze had gewoon moeite om haar ogen open te houden. Welke idioot had verzonnen dat ze op vrijdagmiddag nog een Z-uur bij Vermeulen kregen?! De meest saaie leraar van de school, bij wie je niks kon uithalen?!

Ik werk veel liever thuis dan hier in de klas, dacht ze. Bij het lawaai van die regen kan ik me toch niet concentreren.

Hè, ze verveelde zich te pletter. Het was irritant dat ze haar wiskundeboek vergeten was mee te nemen. Dat kwam door Martijn. Haar broertje was gisteravond haar kamer binnengestormd om een cd van haar te lenen, toen ze net haar rugtas aan het inpakken was. Ze had botweg nee gezegd. Stom rotjoch, had hij maar eerst moeten kloppen. En toen hadden ze samen zo'n ruzie gekregen dat ze hem met moeite uit haar kamer had kunnen werken. Hij was sinds hij in de brugklas zat flink gegroeid en was nu ineens een stuk sterker geworden dan zij en dat liet hij haar graag voelen ook. Het was ronduit gemeen zoals hij haar met zijn vuisten bewerkt had. Ze zat vast weer onder de blauwe plekken.

Met een zucht draaide ze zich naar Kim toe, stootte haar met haar elleboog aan en siste: 'Kan ik je wiskundeboek even lenen?'

Vanuit haar ooghoeken zag ze hoe Vermeulen verstoord in haar richting keek en ze bereidde zich al voor op zijn spottende reactie: 'Zijn de dametjes daar achterin misschien woordblind geworden? Hebben ze soms niet in hun rooster kunnen lezen dat ze vandaag een Z-uur voor mijn vak hebben? De bekende Z van zwijgen? Of zijn ze opeens vergeten dat je nu in de vierde klas zit en geacht wordt zelfstandig een uur in stilte aan je wiskunde door te kunnen werken? Is dat te veel gevraagd van hen?'

Dat was altijd zijn standaardopmerking, als hij wilde waarschuwen dat je beter je mond kon houden. Wanneer hij je dan nog eens betrapte op kletsen, was hij in staat om je ter plekke eruit te gooien en naar de conrector te sturen. 'Meld je maar bij Visser en zeg hem maar namens mij dat je niet in deze klas thuishoort.' Eén klein fluisterwoordje was al voor hem voldoende om helemaal uit zijn vel te springen, dat wist iedereen. Vermeulen was dan ook niet echt populair op school, hoewel iedereen wel vond dat hij goed les gaf. Zelfs Kim gaf schoorvoetend toe dat ze dankzij zijn heldere manier van uitleggen haar wiskunde af en toe zelfs snapte. Wat volgens haar een wereldwonder was.

Florien glimlachte zo onschuldig mogelijk naar hem, haar ogen verbaasd opengesperd alsof ze niet begreep wat er aan de hand was, en constateerde vergenoegd dat hij erin vloog. De leraar keek haar een seconde argwanend aan. Toen verslapte zijn aandacht en boog hij zich weer over zijn correctie.

Nog eens gaf ze Kim een por. 'Toe nou,' drong ze aan.

Kim haalde zuchtend haar wiskundeboek uit haar rugtas en kwakte het voor haar neer op de bank.

'Alsjeblieft,' bewogen haar lippen geluidloos, 'en laat me nu met rust, wil je?'

Hoofdschuddend sloeg Florien het wiskundeboek open. Kim had duidelijk weer een van haar buien. Als ze ergens mee bezig was, kon ze heel bokkig reageren en haar behandelen alsof ze niet haar beste vriendin was.

Haar moeder vond Kim eigenlijk geen leuk meisje. 'Ze gebruikt je, Florien,' zei ze wel eens, 'heb je dat niet in de gaten?' Maar Florien geloofde daar niks van. Wat kende mama Kim nou? Zij trokken al jaren met elkaar op, al vanaf de brugklas! Met Kim kon je juist altijd hartstikke lachen.

In de pauze was Florien al snel vergeten dat ze zich in de klas aan Kim had geërgerd, toen Kim voorstelde om naar de kantine te gaan: 'Hè, ik heb zin in iets lekkers. Ik trakteer vandaag, Flo. Zeg maar wat je wilt: een stroopwafel of een geile koek.'

'Het laatste,' zei Florien automatisch, om Kim een plezier te doen. Het was een stilzwijgende afspraak tussen hen dat diegene die trakteerde ook mocht bepalen wat het zou worden. Een geile koek was een luchtig cakeje, waarvan de bovenkant bestond uit een zoete roze bovenlaag, die in eerste instantie knapperig aanvoelde in je mond en daarna langzaam tegen je gehemelte wegsmolt. Kim was dol op dit cakeje. 'Zo voelt het aan als je een nieuwe jongen zoent,' beweerde ze vaak tegen Florien. 'Eerst moet je verschrikkelijk wennen aan zijn manier van zoenen, want sommige jongens kunnen echt heel raar doen, net alsof ze als een vis op het droge naar je tong moeten happen. Maar zodra je eenmaal gewend bent, dan...'

Vervolgens draaide ze overdreven met haar ogen, knipperde zwoel met haar wimpers en verzuchtte spijtig: 'Hè, ik begin aan ontwenningsverschijnselen te lijden. Belachelijk dat er vijf schooldagen in één week moeten zitten! Hoe houd ik het vol?! Het wordt hoog tijd dat ik dit weekend weer eens op jacht ga.' Elke week ging Kim op vrijdag- en zaterdagavond uit. Florien was wel eens jaloers op haar vriendin, want zij mocht maar een keer in de maand van haar ouders gaan stappen. 'Alles op zijn tijd,' was steevast hun antwoord, als zij tegenwierp dat zij de meest ouderwetse, nog uit het dinosaurustijdperk stammende ouders waren van haar hele klas. 'Je moet nog zestien worden. Wees maar blij dat we nog een beetje streng voor je zijn. Nu blijft uitgaan nog spannend voor je.'

'Maar Kim mag wel elke week,' probeerde ze zich dan te

verdedigen en wist eigenlijk bij voorbaat hoe de reactie van haar ouders zou zijn: 'Wat zij van hun dochter goed vinden, moeten die mensen toch zelf weten. Daar hebben wij niets mee te maken.'

Iedere maandagmorgen kwam Kim met nieuwe verhalen aanzetten over haar veroveringen die zij dit keer weer had gemaakt en dan borrelde Florien over van afgunst, ook al liet ze het niet merken. 'Hoeveel?' was altijd het eerste wat ze Kim na het weekend vroeg. 'Dit keer twee,' zei Kim en klakte nog nagenietend met haar tong. 'Nou ja, de laatste zoen was niet echt lekker, hoor. Die knul rookte als een schoorsteen. Ik heb hem meteen gedumpt, hij smaakte mij teveel naar een volle asbak.'

Soms belde een van de jongens haar twee dagen later nog eens terug om een nieuwe afspraak te maken, maar Kim weigerde dat bijna altijd. 'Ik heb geen zin in een serieuze vriend,' gaf ze als verklaring aan Florien. 'Dan zit je meteen zo vast aan hem. Voor je het weet mag je niet eens meer uit van hem. Mij niet gezien, hoor. Geef mij maar lang leve de lol!'

In haar hart benijdde Florien Kim om het gemak waarmee ze zich door jongens liet versieren, terwijl zij zelf nog maar amper ontgroend was. Vergeleken bij Kim voelde ze zich echt nog zo'n onnozel kindje. Toen ze vorig jaar allebei in de derde zaten, had een jongen haar op een schoolavond haastig in het donker proberen te zoenen. Ze had het eerst aarzelend toegelaten en hem toen vlug van zich weggeduwd. Naderhand kon ze zich niet eens meer herinneren hoe hij eruit had gezien, maar ze wist nog goed hoe ze het had gevonden: niet leuk. Ze had het toen aan niemand durven vertellen, zelfs niet aan Kim, omdat ze bang was dat ze erom uitgelachen zou worden.

Achteraf schaamde ze zich een beetje voor haar kinderachtige reactie en vond dat ze zich als een echte trut had gedragen. Daarna had nooit meer een jongen haar proberen te

zoenen. Het was net of ze stiekem aan elkaar hadden door-
gegeven dat je bij Florien toch geen schijn van kans had. Het
maakte dat ze zich af en toe bijna een oude vrijster begon te
voelen.

2

Het was druk bij de kantine. Florien en Kim moesten zich met hun ellebogen een weg door de massa in de aula heen wurmen om uiteindelijk vooraan te belanden.

Kim bestelde twee koeken en gaf er een aan Florien.

'Dat is dan één vijftig,' zei het meisje achter de toonbank met een vermoeid glimlachje. Florien kende haar alleen van gezicht. Toch wist ze net als de halve school dat het meisje Willemijn heette, in de vijfde klas zat en vaak tijdens de pauze meehielp in de kantine. Het leek Florien geen leuk baantje. Het voordeel ervan was dan wel dat de hele school je op deze manier kende, maar daar stond ook tegenover dat je nooit echt een pauze had waarin je even met iemand gezellig kon praten. Daarvoor moest je te hard werken.

Terwijl Florien een hap nam en het roze glazuur onder haar tanden voelde kraken, hoorde ze Kim 'shit' naast zich mompelen. Ze vergat te kauwen en slikte de hap ineens door.

O nee, o nee, niet weer... Ze had al een voorgevoel van wat er ging komen.

'Ik heb geen geld bij me,' zei Kim spijtig, terwijl ze verwoed de zakken van haar spijkerjack doorzocht, 'stom van me. Ik dacht echt dat er nog een riks in zat.' Ze stootte Florien licht aan. 'Kun je het me even voorschieten?'

Florien zuchtte onhoorbaar. Ja hoor, het was hetzelfde liedje als altijd: Kim had nooit geld bij zich en moest voortdurend bij iedereen lenen. Als je het dan na een paar dagen terug wilde hebben, reageerde ze zo verontwaardigd en beledigd dat je het gevoel kreeg dat je haar ongeveer geestelijk had aangerand. 'Doe niet zo kinderachtig, ben jij nou mijn beste vriendin? Ben je soms bang dat ik het zal vergeten?' zei ze dan geprikkeld. 'Je krijgt je geld heus wel terug, hoor. Het wordt alleen wel volgende maand denk ik, want nu sta ik hartstikke rood.'

'Nou, komt er nog wat van?' zei Willemijn ongeduldig, 'jullie houden de boel hier op. Eén euro, zei ik.'

'Ik ben binnen een minuut terug,' zei Florien vlug, 'even mijn portemonnee uit mijn locker halen.' Ze wilde zich net omdraaien toen ze tegen iemand aanbotste die pal achter haar stond. Een jongen. Ze kende hem niet. Ze had hem zelfs nooit eerder gezien, want ze wist zeker dat ze zich hem anders wel herinnerd zou hebben. Een gezicht als het zijne vergat je niet zo snel. Hij had felle blauwe ogen die scherp contrasteerden met zijn sluike donkere haar, dat hij in twee lagen had laten knippen. Hij droeg een kort zwart leren jack, met daaronder een afgetrapte spijkerbroek en zwarte halfhoge laarzen.

'Problemen?' vroeg hij met een scheve grijns.

De jongen torende hoog boven haar uit. Het was net of hij vanuit een onbereikbare hoogte op haar neerkeek, zoveel groter was hij. Hij gaf haar het gevoel dat ze vergeleken bij hem echt nog een kuiken van een meisje was. 'Sorry,' mompelde ze verlegen en probeerde langs hem heen weg te glippen. Maar Kim dook onverwachts naast haar op en zei verrast tegen de jongen: 'Hé Renko, jij hier?'

Er lag een toon in haar stem die Florien niet van haar kende. Het klonk alsof ze helemaal niet blij was hem hier te zien. Toch wist Florien heel zeker dat ze Kim zijn naam zelfs nooit eerder had horen noemen. Waar kende Kim hem van?

'Wat doe jij hier eigenlijk?' ging Kim na een korte aarzeling door.

Renko grijnsde. 'Ik zit bij jullie op school. Sinds kort. Heb je er soms bezwaar tegen?'

Maakte hij nou een grapje of lag er een dreigende ondertoon in zijn stem? Alsof hij haar op de een of andere manier probeerde duidelijk te maken zich niet met hem te bemoeien?

Er viel even een stilte. Het leek wel of Kim niet goed wist wat ze hierop moest zeggen.

'Je zat toch op de Don Bosco...?' begon ze aarzelend. Maar

Renko luisterde niet meer naar haar en staarde naar het rek met rolletjes snoep, zakjes chips en in cellofaan verpakte koeken achter in de kantine. 'Doe mij maar een zakje chips. Paprika,' zei hij tegen Willemijn. 'Maar schiet wel even op meid, want de bel gaat zo. En ik heb geen zin in gedonder omdat ik te laat kom.'

Willemijn schudde langzaam nee, naar Kim en Florien wijzend. 'Ik krijg eerst nog geld van hen en dan pas ben jij aan de beurt. Zo doen we dat hier.'

'Jezus, wat een gezeik, zeg. Als het hier allemaal zo moeilijk gaat, dan betaal ik het wel even voor hen,' viel Renko uit, 'toch geld zat. Nou, hoeveel krijg je van me?' Kim maakte een afwerend gebaar, maar hij lette niet op haar. Er verschenen lichtroze vlekken in haar nek, zag Florien tot haar verbazing. Was ze boos? Terwijl hij hun eigenlijk had aangeboden te trakteren?

'Dan wordt het nu één vijftig,' zei Willemijn, terwijl ze een zakje met chips op de toonbank legde.

Hij haalde wat kleingeld uit zijn broekzak en gooide twee euro voor het meisje neer. 'Hier, houd de rest maar voor jullie fooienpot.'

Willemijn glimlachte vaag naar hem, kieperde het geld in de geldla en trok aan de koperen bel, die in de hoek van de kantine boven de toonbank hing. 'Bedankt.'

Een paar bruggers keken op bij het scherpe geklingel en lieten even hun blik over Renko heen glijden. 'Wat een kloteherrie,' spotte hij luid in hun richting, 'en dat allemaal voor die paar rottige centen.' Ze wendden hun hoofd af.

'Moet je eens zien hoe hij zich aan het uitsloven is,' zei Kim zachtjes tegen Florien, 'hij probeert expres aandacht te trekken. Wat een machogedrag. Hoe is het mogelijk dat hij nu hier bij ons op school zit.'

'Zei je wat?' vroeg Renko kort aan Kim en scheurde langzaam zijn zakje chips voor haar neus open. Hij stak een stukje chips in zijn mond en liet zijn kaken op en neer malen, terwijl hij haar strak bleef aankijken. Met een demonstratief gebaar legde Kim haar half aangebroken koek terug op de toonbank, draaide hem haar rug toe en liep weg zonder om te kijken of Florien haar volgde.

Florien veegde de kruimels van haar mond en bleef besluiteloos staan. Ze wist niet goed wat ze nou moest doen. Verwachtte Kim dat ze haar achterna zou gaan? Waarom reageerde ze zo vreemd? Het was niets voor haar om zo bot te doen.

Renko. Een aparte naam. Ze had die naam nog nooit eerder gehoord. Eigenlijk paste die naam wel bij hem. Hij leek haar ook een aparte jongen.

Toen hij haar zijn zakje chips voorhield, weigerde ze verlegen. Nee dank je, ze had daarnet al een koek opgegeten. Een geile koek, voegde ze er in gedachten aan toe, terwijl haar ogen registreerden hoe er een klein stukje chips in een van zijn mondhoeken bleef steken.

Ze zag hoe zijn tong vluchtig het stukje chips naar binnen veegde en ze kon niet voorkomen dat ze zomaar ineens begon te blozen. Wat zou hij wel niet van haar denken? Moest ze hem nou bedanken voor die koek of niet? Gelukkig bracht de bel verlossing. Met een hoofd zo rood als een boei vluchtte ze weg.

Het volgende uur hadden ze Engels. 'Wat hadden we op voor huiswerk?' vroeg Kim bezorgd aan Florien, toen ze hun lerares, mevrouw Wiegerinck, met een stapel proefwerkvellen onder haar arm het lokaal zagen binnenzeilen. 'We hoefden toch niks te leren?' Florien wist het ook niet. 'Er stond inderdaad niets in mijn agenda,' aarzelde ze.

Achterdochtig bestudeerden ze de vastberaden uitdrukking op het gezicht van hun lerares en constateerden dat er onherroepelijk een proefwerk of overhoring dreigde aan te komen. Shit, dacht Florien ongerust, ik hoop niet dat we een tekst krijgen. Ik sta nu nog net voldoende.

Engels was niet haar sterkste vak. Ze had nu eenmaal geen talenknobbel, was meer wiskundig van aanleg. Net als haar vader.

'Banken uit elkaar,' commandeerde mevrouw Wiegerinck, 'en alles van de bank wat je niet nodig hebt. Slechts de pen waarmee je schrijft wil ik er zien liggen.'

Morrend gehoorzaamde de klas. Yorick was de enige die zijn vinger opstak en vroeg of ze zich niet in de regels van het schoolreglement vergiste. 'U mag toch alleen iets overhoren als we het geleerd hebben,' zei hij uitdagend, 'en ik weet zeker dat we niets opgekregen hadden voor vandaag.'

'Yorick, maak je niet zo druk,' antwoordde de lerares kalm, terwijl ze de blaadjes begon uit te delen, 'bewaar je energie maar liever voor straks. Jullie krijgen een test, een schrijf-vaardigheidoefening. Je mag namelijk een opstel maken.'

'O nee! Ik ga liever normaal dood!' kreunde Lisanne hardop. Mevrouw Wiegerinck schoot in de lach. 'Om je te helpen bij je stervensproces, Lisanne,' spotte ze vriendelijk, 'heb ik besloten dat je dit keer zelf het onderwerp mag bepalen. Vind je dat nu niet aardig van me?'

'U bent te goed voor deze wereld,' riep Peter door de klas. 'Ik zal de paus een briefje sturen om u heilig te laten verkla-ren.'

Toen het gelach in de klas verstomd was, waarschuwde de lerares hun dat het echt wel een serieus bedoelde opdracht was. 'Doe alsjeblieft je best jongens, vijftig minuten is zo om. En de test telt twee keer mee. Behoorlijk zwaar dus.'

Met een zucht trok Florien het proefwerkvel naar zich toe en staarde naar de witte regels voor haar. Ze wierp een blik opzij en zag hoe Kim naast haar als een razende ging schrij-ven. Even was ze jaloers op haar. Ja, Kim wel, die was goed in haar talen. Die draaide haar hand er niet voor om. Het ergste was nog dat je bij zo'n stomme opdracht niet eens kon spie-ken! Een vrij onderwerp: hoe verzon dat mens nou zoiets onmogelijks? Het was je reinste leerlingetje pesten! Somber tekende Florien op de rechter plek bovenaan waar het cijfer ingevuld moest worden een harig poppetje. Hoe kon je nou gaan zitten brainstormen als je geen fantasie had? Ze kon er niets aan doen, als ze straks een geheide onvoldoende haalde. Gedachteloos schreef ze een r boven het poppetje. Nog een r en een derde... Renko... De naam danste als een pluisje van een paardebloem in haar hoofd rond. Renko met zijn blauwe ogen. Op de een of andere manier voelde ze zich verschrikkelijk tot hem aangetrokken. Hij leek zo anders dan de jongens bij hen op school. Hij gedroeg zich zelfverzekerder, stoerder en hij was duidelijk ook groter en breder gebouwd. Hij zag eruit alsof hij voor niets of niemand bang hoefde te zijn. Of hij de hele wereld aankon. Hoe oud zou hij eigenlijk zijn? Zestien, zeventien, schatte ze. In ieder geval wel ouder dan zij. En in welke klas zou hij zitten? Misschien ook wel in de vierde, net als zij. Dromerig staarde ze voor zich uit. Hiervoor had hij op de Don Bosco gezeten, had Kim gezegd. Was dat niet een kleine Mavo aan de andere kant van de stad? Ze schudde verbaasd haar hoofd. Dan moest hij dit jaar waarschijnlijk eindexamen doen. Vreemd eigenlijk, ze kon zich niet voorstellen dat je, als je aan je eindexamenjaar begon, zomaar even van school ging veranderen. Tenzij je er een goeie reden voor had natuurlijk... Nou ja, dat waren haar zaken niet. Het zat haar trouwens ook niet lekker hoe Kim had gereageerd. Ze wierp een blik opzij en zag hoe Kim nog steeds druk bezig was met schrijven. Haar proefwerkvel was al bijna vol.

Stiekem stootte ze haar aan. 'Hé Kim,' fluisterde ze, 'luister eens.'

Kim scheurde zich met moeite los van haar werk en keek haar vragend aan. 'Hmmm?' Florien zag dat ze met haar hoofd nog helemaal bij haar werk was.

'Die Renko hè, die jongen die we daarnet zagen...'

Kim liet haar niet eens uitpraten. Nauwelijks had ze de naam Renko opgevangen, of ze trok een gezicht alsof ze in een citroen hapte, rolde vol afgrijzen met haar ogen en tikte tegen haar voorhoofd. 'Val je me daarvoor lastig? Voor zo'n eikel?' viel ze uit. 'Ben je niet goed snik? Hij is het niet eens waard dat je zelfs maar aan hem dénkt!' Toen boog ze zich weer over haar proefwerkvel.

'Hè Kim, doe nou niet zo flauw,' drong Florien aan, 'waar ken je hem dan van? Hij leek me eigenlijk best wel aardig.'

'Aardig?' Kim hapte bijna naar adem van ontsteltenis.

Lisanne, die voor Kim zat, draaide zich om en vroeg: 'Over wie hebben jullie het? Toch niet over mij, hè?' Ze kreeg geen antwoord, wat ook geen wonder was, want zowel Kim als Florien ergerden zich vaak aan haar uitsloverige manier van doen, waarmee ze zich populair probeerde te maken. Vooral de laatste tijd stelde Lisanne zich verschrikkelijk aan, vonden ze. Ze liep er als een wandelende make-updoos bij en was voortdurend met haar uiterlijk bezig. Ze had zelfs in haar agenda een spiegeltje geplakt om tijdens de les te kunnen controleren of haar make-up niet doorgelopen was.

'Nog tien minuten jongens,' waarschuwde mevrouw Wie-gerinck. 'En jullie achterin: mond houden alsjeblieft, jullie storen de anderen met dat geklets. Ga eens recht zitten, Lisan.'

Met een lichte zucht schoof Florien haar blaadje naar zich toe en nam zich voor om nu echt aan de slag te gaan. Je kon maar beter de helft volschrijven met flauwe onzin dan een leeg vel inleveren. Anders wist je absoluut zeker dat je een één kreeg.

3

Toen Florien na het laatste uur op weg was naar de fietsen-stalling zag ze opeens Renko bij de ingang staan wachten. Hij rookte een sigaret, terwijl hij de mensen die langs hem liepen vrijmoedig opnam. Er lag iets uitdagends in zijn hou-ding. Alsof hij iedereen tartte om er wat van te zeggen dat hij openlijk aan het roken was op een plek waar het niet was toegestaan. Maar het handjevol leraren dat met de fiets naar school kwam, liep hem ongeïnteresseerd voorbij. Misschien dachten ze dat hij niet bij hen op school hoorde, omdat hij volkomen in zijn eentje stond en de indruk maakte of hij op iemand aan het wachten was. In ieder geval vond niemand van hen het de moeite waard om hem erop aan te spreken.

Renko stak verheugd zijn hand op toen hij Florien herken-de. 'Hoi,' riep hij van een afstand.

Florien voelde hoe ze plotseling begon te blozen. Om haar blos te verbergen draaide ze hem vlug haar rug toe en vluchtte de rij in waar haar fiets stond. Met trillende vingers zocht ze in het zijvakje van haar rugtas naar haar fietssleutel-tje. Hebbes.

Haar wangen gloeiden toen ze zich vooroverboog en het sleuteltje in het slot probeerde te steken. Maar ze deed het zo onhandig dat het niet direct lukte.

Renko slenterde naar haar toe en stond pal achter haar stil. Haar hart bonsde in haar keel, toen ze zijn gestalte opmerk-te. Ze wist ineens niet goed wat ze tegen hem moest zeggen. Iets in de trant van 'hoe vind je het bij ons op school? Valt het een beetje mee?' Nee, dat klonk wel erg truttig en kin-derachtig.

Renko was de eerste die wat zei, tot Floriens opluchting. 'Jij bent toch de vriendin van Kim?' begon hij. Ze knikte. Weer stond ze met haar mond vol tanden en ook Renko zweeg.

Hun blikken kruisten elkaar en ze begonnen tegelijk te grijnzen. Dit werd beslist een flitsend gesprek!

'Waar ken jij haar van?' vroeg ze. Op hetzelfde moment wilde ze wel het puntje van haar tong afbijten. Hoe kon ze nou zoiets stoms eruit flappen! Wat zou hij wel niet denken van haar? Dat ze heimelijk wilde controleren waar ze elkaar ontmoet hadden?

Maar Renko reageerde heel gewoon op haar vraag. Hij streek even peinzend over zijn haren en zei daarna: 'Van Noordwijk, geloof ik. Een van mijn vrienden had toen iets met haar. Ze is een paar keer met ons wezen stappen. Tot het met Walter uitging.' Zijn stem klonk vlak. Florien kon er niet uit opmaken of hij Kim nu wel of niet leuk vond. Op de een of andere manier stelde haar dat gerust. Was ze misschien onbewust bang geweest dat Kim hem had proberen te versieren en hem toen weer gedumpt had? Hoewel hij er niet naar uitzag dat hij zich zonder meer aan de kant zou laten zetten. Hij leek daar veel te onafhankelijk voor.

Ik vind hem aardig, bedacht ze plotseling. En sexy. Ik zou best wel eens verliefd op hem kunnen worden. Haar hart maakte een sprongetje van opwinding bij dat idee.

Hij glimlachte naar haar. 'Wat ga jij vanavond doen?'

Ze haalde bijna onmerkbaar haar schouders op. Vanavond hoefde ze gelukkig niet bij de buren op te passen, want Mariette had toevallig een paar dagen geleden afgezegd. Hun zoontje Bram was net drie geworden en hij was zo over zijn theewater geraakt van zijn verjaardag met al die bergen cadeaus en bezoek dat Bart en zij hadden besloten deze vrijdag niet weg te gaan. Florien moest altijd lachen om Bram. Eigenwijs mannetje! Zoals hij haar hardnekkig Flien bleef noemen, omdat hij de r in haar naam weigerde uit te spreken! 'Ik weet het nog niet,' zei ze.

Thuiszitten, vulde ze in gedachten aan, tv kijken, hopelijk komt er een leuke film. Misschien nog een beetje internetten, een tijdje in een chatbox rondhangen en voor de rest me te pletter vervelen. 'Niks bijzonders in ieder geval. Hoezo?'

'Heb je zin om mee uit te gaan?'

Verrast hief ze haar hoofd op en staarde hem aan. 'Wat bedoel je?'

Hij grinnikte. 'Mijn ma dacht dat dit een goeie school voor me zou zijn. Maar er zitten geloof ik alleen maar randdebielen op. Ben je doof of zo? Ik vraag je of je zin hebt om mee te gaan stappen. Hoe laat zal ik je komen halen? Tenzij je andere plannen hebt natuurlijk.'

Florien aarzelde. Haar gedachten draaiden op volle toeren. Ze kende niemand zoals hij. Uitgaan met hem zou misschien wel eens het absolute einde kunnen zijn!

Maar ja, uitgaan zat er dit keer echt niet in. Ze was vorige week al uit geweest, mama en papa zouden daarom gegarandeerd hun veto voor vanavond uitspreken. Maar als ze weigerde mee te gaan, moest ze hem ook uitleggen waarom en dat was nou het laatste waar ze behoefte aan had. 'Nee, ik mag dit weekend niet van mijn ouders weg. Ik mag maar een keer in de maand.'

Ze hoorde het zichzelf al zeggen. Dat klonk alsof ze echt nog een moederskindje was, dat braaf naar haar ouders luisterde. Verschrikkelijk! Ze pijnigde haar hersens om iets te bedenken wat ze dadelijk tegen mama en papa als smoes zou kunnen gebruiken om vanavond toch weg te kunnen gaan, maar er schoot haar zo gauw niets te binnen. Toen gaf ze het op. Ach, dat was van later zorg. Misschien kon Kim haar straks helpen. 'Ik eh... moet nog even kijken. Maar ik denk wel dat ik kan.'

'Nou?' drong hij aan. 'Is tien uur goed? Weet je dat ik niet eens weet hoe je heet?'

Ze glimlachte naar hem. 'Florien van Slooten. Met twee o's.'

Hij maakte een lichte buiging. 'Aangenaam. Renko Goudriaan, met o u. Waar woon je eigenlijk?'

'In de Leeuwerikenlaan. Nummer 15. Aan het begin van de straat zie je een klein kinderspeeltuintje. Daar vlakbij aan diezelfde kant staat ons huis.'

Renko floot bewonderend. 'Tjonge, jij woont in een kak-kerbuurt, zeg.'

Florien kon er niets aan doen dat ze bij deze opmerking toch weer bloosde. 'Je hoeft me niet af te komen halen,' zei ze vlug. 'Laten we gewoon ergens in Noordwijk afspreken. Bij De Vier Wezen.'

Verlegen keek ze hem aan. 'Zal ik zorgen dat ik er om tien uur ben? Afgesproken?'

Hij knikte langzaam. 'Deal.'

Met een gevoel alsof er vleugeltjes aan haar pedalen zaten fietste Florien snel naar huis. Het was druk onderweg, de vrijdagspits begon al goed op gang te komen, maar ze lette nergens op, negeerde elk stoplicht en racete door de straten alsof ze de enige in de wereld was die op de automatische piloot naar huis reed. Haar gedachten waren op één onder-werp gefixeerd: vanavond uitgaan... Hoe moest ze dat nou in godsnaam thuis georganiseerd krijgen met die twee antieke ouders van haar?! Hun gewoon meedelen dat ze een kanjer van een knul had ontmoet, die haar een wee gevoel in haar buik bezorgde telkens als hij zijn blauwe ogen als vlammen-werpers op haar richtte? Die ze niet eens recht aan durfde te kijken, uit angst dat ze onmiddellijk weer ging blozen? Die zo verschrikkelijk anders dan andere jongens was dat ze eigenlijk al een beetje verliefd op hem begon te worden?

Misschien verwachtten ze dat hij eerst bij hen binnenkwam om zich aan hen voor te stellen, zo ouderwets degelijk waren ze nog wel, hoewel ze het heus goed bedoelden. Mama kon zo'n keurig beschaafd mondje trekken als ze iemand voor het eerst ontmoette: 'We willen graag zien met wie onze dochter uitgaat. Jij bent dus Renko?' De taxerende blik waarmee ze hem vervolgens van top tot teen opnam. En dan Martijn die binnenkwam en flauwe, zogenaamd grappi-ge opmerkingen ging maken. 'Hoe heet je ook alweer? Renko? Die naam past wel bij je laarzen, je zit zeker op paardrijden? Nee? Op een gevechtssport dan?'

De bekende koterhumor van hem! O lieve help, ze moest er niet aan denken! Om er ter plekke bij flauw te vallen!

Een luid getoeter deed haar midden op het kruispunt uit haar gedachten opschrikken en een woedende automobilist stak zijn middelvinger naar haar op, terwijl hij rakelings langs haar scheerde. 'Uitkijken, stomme trut!' schreeuwde hij door zijn half geopende raampje. 'Ben je kleurenblind of zo? Het stoplicht is hartstikke rood!'

Ze zwaaide verontschuldigend naar hem. Ik bel straks Kim op om te vragen of ik vannacht bij haar mag blijven slapen. En dat deel ik hun daarna gewoon mee. Meer niet, besloot ze in een opwelling. 'Als ze vragen wat we dan vanavond gaan doen, draai ik er wel omheen. Dan zeg ik wel dat ik het nog niet precies weet. Dat we misschien een video gaan huren of zo.'

4

Kim reageerde niet enthousiast toen Florien haar aan de telefoon haar plan uitlegde. Aanvankelijk voerde ze als argument aan dat ze het niet leuk vond om Floriens ouders te belazeren, want daar kwam het toch op neer?

'Wat stel jij je nou ineens aan, je doet net of ik niet echt bij je ga logeren,' verdedigde Florien zich zwakjes. 'Wat kan het mijn ouders nou schelen wat we straks van plan zijn? Daar vragen ze heus niet naar. En trouwens, ze hoeven toch niet alles van me te weten? Ik heb recht op mijn eigen privacy, hoor!'

Kims stem aan de andere kant van de lijn klonk nogal terughoudend, toen ze opmerkte: 'Ik snap niet wat je in die jongen ziet. Als je straks in de moeilijkheden zit, hoef je niet bij mij aan te komen dat ik je niet gewaarschuwd heb. Zijn vrienden deugen niet. En hij al helemaal niet.'

Die laatste woorden kwamen er fel uit. Feller dan Florien van Kim gewend was.

Er viel even een stilte. Geduldig wachtte Florien tot Kim verder zou gaan met praten en telde in gedachten de seconden. Eenentwintig... tweeëntwintig... Kom eens op met je antwoord Kim, vind je het nu wel of niet goed?

Na een diepe zucht zei Kim ten slotte: 'Vooruit dan maar. Ik heb er alleen geen zin in om vanavond voortdurend met je rekening te moeten houden, ik ben niet je oppascentrale. Je moet jezelf dus zien te amuseren. Nou, met Renko en zijn vrienden zul je daar wel geen moeite mee hebben. Never a dull moment in hun gezelschap. Die jongens zijn hartstikke oversexed, ze proberen elk meisje te versieren dat ze tegenkomen en die Renko is geen haar beter.'

Florien aarzelde. Ze vond Kims opmerking niet echt aardig klinken, maar als ze dat tegen haar zou zeggen, kregen ze geheid ruzie met elkaar. En daar had ze nu even geen zin in! 'Ik snap niet waarom je steeds zo lullig doet over hem,' zei ze daarom voorzichtig. 'Je bent volgens hem maar een paar keer met hen uitgeweest, dus wat ken je hem nou eigenlijk? Hij lijkt me best wel aardig.'

'Ik ken hem heus genoeg, neem dat maar van me aan. Ik weet meer over hem dan me lief is.'

'Geef dan eens een voorbeeld. Wat heeft hij dan gedaan wat je niet leuk vond? Nou?'

Maar Kim weigerde er verder op in te gaan. Als Florien per se met Renko uit wilde gaan, moest ze het zelf weten. Dan wenste ze haar veel plezier.

Florien gaf het op. Als Kim in zo'n bui was, moest en zou ze altijd gelijk willen hebben. Dat wist ze uit ervaring. 'Goed hoor,' zei ze sussend, 'hoe laat verwacht je me?'

Ze spraken af dat Florien om half acht bij Kim zou zijn, zodat ze nog ruim tijd hadden om zich klaar te maken.

Het was al behoorlijk vol in De Vier Wezen. Toen Florien samen met Kim binnenkwam, wierp ze vlug een blik om zich heen om te zien of Renko er al was. Maar er waren zoveel mensen en het was er zo rokerig, dat ze hem in de bewegende mensenmassa niet zo gauw kon ontdekken. Even was ze teleurgesteld. Ze voelde hoe haar ogen van de rook begonnen te prikken. Ze was blij dat ze haar korte truitje had aangedaan, want de warmte sloeg je tegemoet.

'Wil je wat drinken?' schreeuwde Kim in haar oor. Ze knikte. Misschien was hij er nog niet. Ze waren ook eigenlijk wel aan de vroege kant, bedacht ze, het was nog maar net tien uur geweest.

Ze wurmden zich een weg naar de bar toe. Florien zag in het voorbijgaan hoe een paar jongens even in hun richting keken. Hun ogen lichtten op toen ze Kim herkenden. De langste jongen stak groetend zijn hand op en gebaarde dat ze naar hen moesten komen, maar Kim schudde nee en wees naar de bar. De beide jongens wierpen even een vluchtige blik in Floriens richting, toen wendden ze hun hoofd af en gingen door met hun gesprek. Het leek wel of ze haar expres negeerden.

Floriens wangen gloeiden. Ze wist niet zeker of ze zich door hun reactie nou vernederd of kwaad moest voelen. Ze hadden haar wel erg duidelijk laten merken dat ze in hun ogen anders was dan Kim. Geen versiertype, maar een doodgewoon keurig meisje, dat ook eens een avondje mee mocht stappen met haar soepele vlotte vriendin. Niet de moeite waard dus om langer aandacht aan te besteden, als je alleen maar uitging om zo snel mogelijk een meisje te organiseren. Stelletje aso's, dacht ze, ik hoef jullie ook niet meer.

'Hier. Pak aan.' Kim draaide zich naar Florien om en overhandigde haar een biertje. Toen hief ze haar glas op. 'Nou Flo, meid, op een succesvolle avond. Ik weet niet wat jij van plan bent, maar ik ga straks op jacht. Maarten en Frank zijn er ook, zag ik daarnet. En heb jij Renko al gevonden?'

Ze fronste haar wenkbrauwen toen Florien zwijgend haar hoofd schudde. 'Ik had niet anders verwacht van hem, hij houdt zich nooit aan zijn afspraken. Wat is het toch een onbetrouwbare klootzak! Maar wel shit voor je, joh! Je had je er natuurlijk hartstikke op verheugd?' Florien beet op haar lip. Dat had ze zeker. Het verbaasde haar nog steeds dat mama en papa haar meteen geloofden toen ze met haar plan voor vanavond aankwam. Er had even een ongemakkelijke stilte gehangen, dat wel. 'Ik ga ervan uit dat je te vertrouwen bent, prinses,' was ten slotte papa's enige commentaar geweest en mama had zelfs aangeboden om haar bij Kim af te zetten. 'Dan hoef je dat hele stuk niet door de regen te fietsen.' Ze had dat haastig geweigerd. Typisch iets voor mama, om haar op het laatste moment zonder dat ze het wist toch nog iets van een schuldgevoel te bezorgen.

'Nou ja,' zei Kim goeiig, 'ga anders maar met mij mee. Met Frank kan je best ook wel lachen, hoor.'

'Ze wil dus iets met Maarten,' begreep Florien onmiddellijk.

Langzaam schudde ze nee. 'Nou nee, dank je wel. Geen behoefte aan.' Het was aardig aangeboden van Kim, maar ze had er absoluut geen zin in om toe te kijken hoe Kim probeerde Maarten te regelen, terwijl zij krampachtige pogingen moest doen om met Frank een gesprek gaande te houden: 'Hoe oud ben je? Kom je hier vaker? Waar zit je op school? O daar? Ken je dan die en die?' Verschrikkelijk! Om expres van je barkruk te vallen uit pure verveling!

Voorzichtig hapte ze in de kraag schuim en nam een slok. Renko was beslist anders. Misschien had ze zich daarom meteen tot hem aangetrokken gevoeld. Renko leek haar niet een jongen die zich met dit soort duffe gesprekken bezighield. Hij had iets ongrijpbaars over zich en tegelijkertijd ook iets onverzettelijks. Alsof hij diep in zijn hart neerkeek op alle kleine burgermensjes in zijn omgeving en weigerde zich op de een of andere manier aan hen aan te passen. Hij is een gekooid wild dier, dacht ze. Hij zegt precies wat hij vindt omdat hij ruimte nodig heeft om zich te uiten. Hij is niet zo snel bang voor de mening van anderen zoals ik. Hij is gewoon sterk. Geen meeloper. Ze glimlachte inwendig om haar eigen cliché. Florien de psycholoog, wat een humor. Gesteld dat Renko straks toch zou komen en ze... Ze bloosde even bij dat idee... Ze misschien iets met elkaar kregen... Zou ze hem dan snel mee naar huis nemen? Ze probeerde zich voor te stellen hoe haar ouders op hem zouden reageren. Mama vond Renko geheid onopgevoed en ongemanierd: 'Hemel Florien, hoor je dan niet dat hij met een accent praat? En die vreselijke laarzen van hem! Die jongen heeft absoluut geen smaak. Je kunt duidelijk aan hem zien uit wat voor milieu hij komt.'

En papa zou waarschijnlijk rustig de krant blijven doorlezen en net doen alsof Renko lucht voor hem was. Florien voelde hoe ze alleen al bij die gedachte kippenvel kreeg. Nee, voorlopig nam ze Renko maar niet mee naar huis!

5

Rond twaalven was Renko er nog niet. Al die tijd zat Florien alleen aan de bar. Ze straalde iets verlorens uit, maar ze had het zelf niet in de gaten. Af en toe kwam er een jongen op haar af die haar een biertje aanbood, duidelijk met de bedoeling om een gesprek met haar aan te knopen. Maar dan wimpelde ze hem met een kort "nee dank je" af, wierp een blik over zijn schouder in de richting van de ingang en hoopte dat hij aan haar manier van reageren wel begreep dat ze niet te versieren was. Dat ze gewoon op iemand aan het wachten was en geen zin had in een praatje met een wildvreemde. In de meeste gevallen werkte het wel afdoende, maar soms was een jongen te aangeschoten om in de gaten te hebben dat ze nogal afwerend was. Als hij het dan ondanks haar stugge houding niet opgaf en bleef aandringen dat ze iets van hem moest drinken, voelde ze hoe ze er zenuwachtig van begon te worden. Stel je voor dat Renko binnen zou komen en de indruk kreeg dat zij zich door die knul liet versieren!

Kim was allang in geen velden of wegen meer te bekennen. Ze had even vanuit de verte naar Florien gezwaaid, ten teken dat ze naar buiten ging met Maarten en Florien had onmiddellijk begrepen wat die twee van plan waren. Ergens op het strand gaan liggen zoenen met elkaar. Ze had bij dat idee licht gehuiverd, want het zand zou vast wel koud en vochtig zijn nu het al eind oktober was. Kim liever dan zij. Nee, zij bleef hier gewoon lekker binnen wachten tot Renko zou komen. Maar in haar hart was ze daar niet meer zo gerust op. Misschien had zij hem verkeerd beoordeeld en was hij inderdaad onbetrouwbaar. Hij had geen overtuigender bewijs kunnen leveren door niet op te komen dagen. Een andere mogelijkheid was dat er wat was tussengekomen. Maar, zo piekerde ze, er kon ook iets anders aan de hand zijn. Misschien had hij er nog even over nagedacht en vond hij haar achteraf gezien gewoon niet de moeite waard om mee uit te gaan.

Haar stemming werd met de minuut somberder.

'Zie je nou wel dat ik gelijk had,' zei Kim dromerig, terwijl ze om half twee 's nachts naar buiten liepen. De deur van De Vier Wezen viel achter hen met een droge klik in het slot. Het was druk op straat, ze waren een van de laatsten die uit de kroeg weggingen, want Kim was pas tegen sluitingstijd weer komen opdagen om Florien te halen. Ze moesten zich door de mensenmassa heen een weg banen om bij hun fietsen te komen. 'Ik had je nog zo gewaarschuwd dat die Renko een aso is. En nu heb jij er de pest over in dat hij je heeft laten zitten.'

Florien zag dat haar lippen gezwollen waren en dat haar wangen gloeiden. Er zat overal zand op de rug van haar jack en in haar haren. Kim had zich weer op de haar bekende manier geamuseerd. Ergens diep in haar hart stak het duiveltje van de jaloezie zijn kopje op. Ja, zij wel...

Zwijgend duwde ze haar sleuteltje in het slot en trok haar fiets met een ruk naar zich toe. Klootzak, dacht ze grimmig, hoewel ze niet eens wist wie ze daar nou precies mee bedoelde.

'Die Maarten hè,' begon Kim, 'eigenlijk is die...'

'O alsjeblieft,' weerde Florien haar ongeduldig af, 'kan dat niet tot morgen wachten? Ik ben toevallig nou even niet geïnteresseerd in je vrijpartijverhalen Ik heb wel iets anders aan mijn hoofd.'

'Nou zeg!' Kim keek haar van schuin opzij aan en trok spottend een wenkbrauw op. 'Daar is er één saggooooooo,' constateerde ze, 'dat wil je gewoon niet zien. Het is altijd pret voor tien met die lieve Florien. Oei oei oei.'

Het kwam er zo droogkomisch uit dat Florien onwillekeurig in de lach schoot. Kim knikte tevreden. 'Dat is beter. Kom op Flo, ik kan er ook niks aan doen dat je een rotavond hebt gehad. Frank is nog een paar keer bij je langs geweest om te proberen met je aan te pappen, maar hij zei dat je als een standbeeld versteend aan de bar zat en iedereen negeerde. Nou denkt ie dat je een hooghartig monster bent.' Ze grinnikte. 'Hij geloofde niet dat je mijn beste vriendin was. Hij noemde je een echte koele kikker. Zo eentje waar niks mee te beleven valt. Nou, ik heb je verdedigd, hoor. Het scheelde niet veel of ik had hem een mep verkocht, als hij nog even was doorgegaan. Ach joh, vat het maar op als een compliment. Hij weet gewoon niet wat hij zegt, daar is hij te stom voor. Alle jongens zijn stom.'

Ze porde Florien in haar zij en slingerde een beetje met haar stuur. 'Hemel, ik voel mijn biertjes behoorlijk. Mijn benen lijken wel soepstengels. Zal ik je zo meteen op een frietje trakteren, om je humeur weer een beetje op te krikken? Ik heb vanavond geen cent hoeven uitgeven, Maarten heeft alles voor me betaald. Die onnozelaar, hij moest zeker indruk op me maken door de patser uit te hangen. Nou, ik hoef hem ook niet meer. Wat verbeeldt ie zich wel!' Florien zag in een flits hoe Kim haar hoofd afwendde en met haar ogen knipperde alsof ze bijna ging huilen. Maar ze was teveel met zichzelf bezig om er lang over na te denken.

Er stond binnen bij McDonald's een behoorlijke rij bij de toonbank. Kim plofte buiten neer op de stoeprand, zocht in de zak van haar jack naar haar portemonnee en pakte er een briefje van tien uit, dat ze aan Florien gaf. 'Hier. Haal jij het even? Doe maar voor mij kipnuggets. En een kleine portie frietjes.'

Toen steunde ze haar hoofd in haar handen en sloot haar ogen.

'Shit, ik ben hartstikke duizelig,' hoorde Florien haar mompelen, 'ik moet echt even wat eten.' Ze zuchtte. Zoals gewoonlijk had Kim het weer voor elkaar gekregen dat ze een ander voor haar karretje spande. Er zat niets anders op dan achterin de rij wachtenden aan te sluiten.

Zwijgend schoof ze stapje voor stapje naar voren tot ze aan de beurt was. Ze probeerde net te bedenken wat ze voor zichzelf zou bestellen toen ze tot de ontdekking kwam dat ze niet voldoende geld had om voor zichzelf ook nog een frietje te kopen. Typisch iets voor Kim, dacht ze grimmig en op hetzelfde moment knapte er iets binnen bij haar. Ze kon er niets aan doen, maar ze begon te lachen, eerst zachtjes en toen steeds harder. Ze kon er gewoon niet mee ophouden.

'Die heeft geheid geblowd,' hoorde ze iemand hardop zeggen en daar moest ze nog harder van lachen. Hikkend gaf ze haar bestelling door en griste even later de kipnuggets en frietjes van de toonbank, het tientje achterlatend. 'Je krijgt nog wisselgeld,' riep het meisje haar na, maar Florien deed net of ze haar niet gehoord had en wankelde slap in haar knieën van het lachen naar de deur. Bedank Kim maar voor die fooi!

Maar toen ze McDonald's uitliep, voelde ze hoe haar stemming op hetzelfde moment omsloeg. Ze verstrakte. Daar buiten stond Renko. Wijdbeens, vlak voor Kim. Hij keek op haar neer, met zijn handen diep in zijn zakken gestoken en er lag een ondefinieerbare grijns op zijn gezicht. Alsof hij zich prima vermaakte met... ja, met haar beste vriendin! Het deed gewoon pijn aan haar ogen om te zien hoe stoer en zelfverzekerd en... waanzinnig aantrekkelijk hij eruit zag. En Kim reageerde daar duidelijk op, ze herkende dat flirterige half aangeschoten lachje van haar! Florien voelde haar woede oplaaien, voelde hoe ze de neiging kreeg om die rottige kipnuggets en frietjes midden in het gezicht van haar vriendin te duwen en haar toe te snauwen: 'Waarmee denk je dat je hier bezig bent? Wil je soms slettenbak van het jaar worden? Nou, die titel heb je vanavond wel verdiend, hoor! Eerst die Maarten en nu hij, hoe kom je erbij? Hij deugde toch niet volgens jou?'

Maar ze zei niets. Ze trok haar meest hooghartige, ongenaakbare gezicht, liet zich naast Kim op de stoeprand zakken en zei zo nonchalant mogelijk hoi tegen hem. Hij moest beslist niet denken dat ze op hem gewacht had! Ze voelde hoe zijn blik even over haar heen gleed en wachtte op een reactie van hem. Maar hij zei niets.

'Wil je ook een frietje?' bood Kim Renko aan. Ze duwde hem het kartonnen zakje onder zijn neus, maar hij schudde nee en zei dat hij die lauwe troep niet te vreten vond. 'Ze bakken die friet altijd lang van tevoren en dan houden ze alles onder de rode lamp warm. Nou, dan is het allang slap als ik het naar binnen schuif.'

Kim giechelde. 'Klinkt inderdaad behoorlijk ranzig. Ik houd ook liever van iets stevigs.'

Waarom klonken die woorden nou plotseling zo verschrikkelijk dubbelzinnig uit haar mond? En waarom moest Renko daar zo overdreven hard om lachen, terwijl hij nota bene háár recht aankeek? Floriens wangen begonnen te gloeien van boosheid. Probeerde hij haar expres te stangen? Of zat hij Kim op de een of andere manier belachelijk te maken?

Ze stond met een bruusk gebaar op, schudde haar haren naar achteren en kondigde koel aan dat ze naar huis wilde. 'Ik ben moe, Kim, ik heb geen zin om nog langer hier te blijven. Kom je mee?'

Er viel even een korte stilte. Kim schudde de laatste frietjes in haar hand, propte ze in haar mond en verfrommelde het zakje. Ze antwoordde niet. Ze staarde van Renko naar Florien en wachtte af wat er ging gebeuren.

Renko was de eerste die iets zei.

'Zal ik je naar huis brengen?' bood hij Florien aan, terwijl hij haar strak aankeek. 'Ik ben op de scooter.' Ze staarde terug, haar wenkbrauwen hoog opgetrokken. Alsof ze hoogst verbaasd was over zo'n brutaal aanbod.

Op zijn gezicht verscheen een flauwe glimlach, die eerst zijn linker mondhoek een beetje deed omhoog krullen en vervolgens de lachrimpeltjes bij zijn ogen tot leven wekte.

'Nou?' drong hij aan. 'Ik heb maar één helm bij me, maar je mag de mijne wel op als je wil.'

Zijn blik verwarde haar. Hij keek zo... ze zocht naar het juiste woord... zo intens. Zo indringend. Alsof hij haar met zijn blik wilde onderzoeken, binnenste buiten keren. Alsof hij haar eigenlijk nu weer voor het eerst zag en zich opeens weer herinnerde dat hij haar leuk vond.

Ze begon tot haar grote afgrijzen weer te blozen. Haar handen voelden klam aan en haar lichaam ging ineens een beetje trillen. Heel even vroeg ze zich af of ze misschien ziek zou worden. Maar tegelijkertijd wist ze wat er met haar aan de hand was. Ze was verliefd! Hopeloos ondersteboven van een jongen die zich niet eens aan zijn afspraak met haar had kunnen houden. Ze kon op slag geen woord meer uitbrengen. Ik ben nog nooit zo hevig verliefd geweest, dacht ze verbaasd. Het doet bijna pijn.

'Dat hoeft niet,' antwoordde Kim haastig in haar plaats, 'Florien slaapt bij mij.' Nu lag er weer diezelfde koele toon in haar stem, die Florien ook op school in de pauze bij haar had gehoord. 'We kunnen wel alleen naar huis. We zijn trouwens toch op de fiets.'

'Dan niet,' zei Renko kortaf. 'Ik zie je nog wel.' Terwijl hij wegliep, riep hij over zijn schouder: 'Leeuwerikenlaan 15?'

Floriens hart sloeg een roffel extra. Ze knikte sprakeloos. Hij had haar adres onthouden! Ze kon aan het gezicht van Kim zien dat die dat niet leuk vond.

6

'Moest Kim soms vanmorgen ergens naartoe dat je ineens zo vroeg thuis bent?' vroeg haar moeder verbaasd, toen Florien die zaterdagmorgen om half tien ineens voor haar neus op de stoep stond. Ze trok haar ochtendjas wat dichter om zich heen en gaapte. 'Ik had je nog lang niet verwacht. Hemeltje, wat een koude wind. Je merkt goed dat het al bijna november is.' Ze keek Florien even onderzoekend aan. 'Is er iets? Je ziet zo bleek. Zijn jullie gisteren erg laat naar bed gegaan?'

Haar bezorgde houding irriteerde Florien opeens mateloos. Mam, zeur niet, dacht ze, laat me gewoon met rust. Ze liep haar moeder zwijgend voorbij, ging direct door naar boven naar haar kamer en plofte neer op haar bed. Door de dunne wand van haar kamer heen ving ze de geluiden op van Martijn die zich aan het klaarmaken was voor zijn hockeywedstrijd. 'Verdomme, waar liggen mijn scheenbeschermers,' hoorde ze hem hardop in zichzelf zeggen en ze glimlachte wrang. Wat een sukkel was haar broertje toch. Hij was altijd wel iets kwijt.

Met haar handen onder haar hoofd gevouwen bleef ze een poosje voor zich uit staren. Ze wist heus wel dat haar moeder het goed bedoelde, maar hoe kon ze haar nou uitleggen wat er gisteren precies gebeurd was, zonder zichzelf te verraden dat ze toch stiekem uitgegaan was?

Het vreemde was dat er na McDonald's ogenschijnlijk ook niets aan de hand was geweest. Kim en zij hadden geen ruzie gehad en waren gewoon samen naar huis gefietst. Toch had er al die tijd iets van spanning, van irritatie tussen hen gehangen. Het leek wel of ze allebei expres de naam van Renko in hun gesprek vermeden. Kim had onderweg om de zoveel meter nadrukkelijk gegaapt en bleef er steeds maar over doorzeuren dat ze toch zo moe was, zo verschrikkelijk moe, dat wil je gewoon niet weten, Flo! Florien had niets terug gezegd.

Ze waren thuis direct gaan slapen, terwijl ze anders meestal tot diep in de nacht met elkaar nog bleven doorkletsen. Maar dit keer kon er zelfs nauwelijks nog een 'welterusten' vanaf. En vanmorgen had Kim net gedaan of ze nog sliep, toen Florien zachtjes opstond. Ze was in haar eentje naar beneden gegaan. Daar had ze een tijdje in de kamer zitten wachten, zich afvragend of ze nu wel of niet naar huis zou gaan. Eigenlijk vond ze het flauw om zomaar zonder meer te vertrekken, maar toen ze even later Kim boven op haar kamer de telefoon hoorde opnemen was bij haar de maat vol. Het had niet veel gescheeld of ze had de voordeur met een knal achter zich dichtgetrokken. Daag Kim, slaap gerust zogenaamd verder. Ik zie je maandag wel weer op school. Bah.

Haar gedachten waren net kleine humeurige schapen-wolkjes, die zich steeds meer samenpakten tot een grote boze wolk.

Martijn was al naar de hockey toen Florien een uur later de deur van de keuken openduwde. Een geur van gebakken spek dreef haar tegemoet. Haar vader stond bij het aanrecht voor de kookplaat en was bezig om een eitje met spek voor zichzelf te bakken. Haar maag knorde. Op hetzelfde moment realiseerde ze zich dat ze zonder iets te eten bij Kim was weggegaan.

'Hoi prinses,' begroette hij haar opgewekt. Hij zag er fris en geschoren uit. Ze mompelde iets onverstaanbaars terug.

'Leuk gehad gisteren?'

Ze verstrakte. Hij ook al. Wat een enorme belangstelling ineens voor haar, er was beslist iets mis met haar ouders. Hadden ze soms met elkaar afgesproken dat ze allebei plotseling de geïnteresseerde ouder moesten uithangen? Hoe gaat het met je, Florien? Voel je je al een beetje schuldig dat je ons gisteren belazerd hebt? Wij arme onwetende ouders die het zo goed met je menen? Nee dank je wel, papa, vandaag even niet. Laat mij nu alsjeblieft met rust. Ik ben gewoon hartstikke chagrijnig.

'Ik heb honger,' zei ze, 'je staat in de weg.'

Haar vader deed gehoorzaam een stap opzij, zodat ze bij de ijskast kon.

Ze bukte zich om de deur open te trekken en haalde een bak vruchtenyoghurt uit de ijskast tevoorschijn. Toen schoof ze aan de keukentafel aan en begon de bak op haar gemak leeg te lepelen.

Haar vader fronste zijn voorhoofd. 'Is dat je enige ontbijt?' vroeg hij. 'Lijkt me erg weinig. Of heb je al uitgebreid bij Kim ontbeten?'

'Bemoei je met je eigen zaken,' snauwde ze, 'wat kan het je schelen wat ik eet, ik zit toch ook niet de hele tijd op jou te letten?' Ze snoof minachtend. 'Moet je die bierbuik van je eens zien. Je lijkt wel zwanger.'

Haar vader staarde haar aan. 'Nou nou nou, prinses, kan het ook een beetje minder? Als je te weinig geslapen hebt vannacht is het je eigen schuld, maar dat hoef je dan nog niet op mij af te reageren, hoor.'

Er viel even een stilte.

'By the way,' ging haar vader door, terwijl hij met zijn rug naar haar toe het ei uit de pan op zijn bord liet glijden, 'er heeft nog iemand gisteren voor je gebeld. Om een uur of tien, geloof ik. Een jongen met een aparte naam. We hadden hem gezegd dat je bij Kim te bereiken was, maar het was niets bijzonders, zei hij. Hij zou dit weekend misschien nog terugbellen.' Floriens hart stond bijna stil. Dat een klein zinnetje zo'n enorme bominslag kon veroorzaken. Ze kende maar één jongen met een aparte naam!

Haar vader zocht in de la naar bestek en ging daarna naast haar aan de keukentafel zitten. Genietend sneed hij een stukje van zijn brood af en duwde het net in zijn mond, toen Florien met verstikte stem vroeg: 'Heette hij misschien Renko?'

Haar vader wees naar zijn volle mond ten teken dat hij geen antwoord kon geven. Maar Florien wist al genoeg. Op slag voelde ze zich weer een beetje vrolijker worden. Hij moest het wel zijn, wie anders zou haar gisteravond hebben kunnen bellen? Hij had haar natuurlijk willen vertellen dat hij later zou komen, maar toen was ze al weg naar Kim. En daarna kon hij haar nergens meer vinden. Zo was het vast gegaan. Kim vergiste zich: hij was hun afspraak dus niet vergeten.

De rest van de ochtend had Florien het gevoel alsof ze op roze wolken liep. Ineens barstte ze van de energie. Ze ruimde uit eigen beweging haar kamer op, hielp haar moeder met de boodschappen uit de auto halen, iets waar ze normaal gesproken een bloedhekel aan had, en was zelfs van plan om alvast aan haar huiswerk voor maandag te beginnen. Maar gelukkig kwam Martijn net op tijd van zijn hockeywedstrijd terug om haar van haar verschrikkelijke voornemen af te houden om zichzelf tot nationale studiebol van het jaar uit te laten roepen. Zijn team had gewonnen met 3-0. Opgewonden beschreef hij het verloop van zijn hockeywedstrijd en hij deed het zo luidruchtig dat ze wel gedwongen was om braaf mee te luisteren naar zijn verhalen hoe geweldig hij was geweest met verdedigen en hoe zijn team eigenlijk in feite alleen maar op hem gedreven had. Ondertussen hield ze de telefoon scherp in de gaten. Telkens als hij ging, moest ze zich beheersen om niet naar het toestel te rennen of het uit de handen van haar ouders te grissen en ademloos te zeggen: 'Laat maar, het is voor mij.' Want natuurlijk verwachtte ze geen telefoontje. Niet na gisteren, toen hij tegen haar had gezegd: 'Ik zie je nog wel.'
Vager kon het niet.

Om half drie hield Florien het opeens thuis niet meer uit. Dat eindeloze wachten op een telefoontje dat toch niet kwam begon haar te irriteren. Ze moest naar buiten, een frisse neus halen! 'Ik ben heel even weg,' riep ze in de gang, terwijl ze haar jack van de kapstok griste, 'ik ben zo terug. Even een boodschap doen.'

Zonder op antwoord te wachten trok ze de voordeur achter zich dicht en ritste haar jack tot aan haar hals dicht. Het motregende buiten. Nou ja, pech gehad, ze had geen zin om nog langer thuis te blijven rondhangen. Van dat beetje water ging je heus niet dood.

Genietend haalde ze diep adem en liep hun pad af naar de stoep. Het was heerlijk om je gezicht omhoog te houden en te voelen hoe je huid langzaam vochtig werd van al die kleine druppeltjes.

In de verte zag ze Bram, hun buurjongetje, fanatiek op de stoep op zijn nieuwe driewieler heen en weer rijden. Ze glimlachte. 'Hoi!' riep ze en stak haar hand omhoog.

Brams gezicht begon te stralen toen hij haar herkende. 'Flien,' riep hij, 'hé Flien, wacht es!'

Met zijn beentjes als een razende ronddraaiende fietste hij naar haar toe. Hij zag eruit als een klein verregend hondje, zijn blonde haar lag in slierten tegen zijn hoofd aangeplakt en zijn capuchon hing als een natte vaatdoek op zijn rug.

Florien wachtte tot hij hijgend voor haar stilstond, met zijn voorwiel bijna tegen haar schoen aan.

'Ik heb echt op tijd geremd, hoor,' zei hij triomfantelijk, 'jij schrok, hè? Jij was zeker bang dat ik nog niet goed kon fietsen, hè?'

Florien onderdrukte een grijns. 'Ik schrok me te pletter,' bekende ze hem, terwijl ze in de neus van de Goofy toeter kneep. 'Gaaf ding, joh. Hoe oud ben je nu ook alweer geworden?'

Bram stak drie vingers omhoog. 'Drie,' zei hij trots. 'En als ik vier word, ga ik naar school. Naar de baassusschool. Wil jij zien hoe hard ik kan? Ik kan héééél hard.'

Hij zeurde net zolang door tot hij zijn zin kreeg en Florien erin toestemde met hem mee te gaan tot aan het speeltuintje.

7

Het speeltuintje aan het begin van de Leeuwerikenlaan bestond uit een met palen en ijzerdraad afgezette ruimte. Daarbinnen had de gemeente een rood houten brommertje op een spiraal laten zetten, een zandbak die veelal als kattenbak gebruikt werd, een plastic glijbaantje van ongeveer anderhalve meter hoog en twee grote schommels aan ijzeren kettingen.

Bram fietste slingerend voorop. Florien had moeite om hem in haar gewone tempo bij te houden. Ze versnelde haar pas. 'Hard kan ik, hè,' riep hij over zijn schouder. Zijn linker achterwiel reed rakelings over de rand van de stoep en de driewieler dreigde even te kantelen. Florien wilde al toeschieten om hem te helpen, maar het was niet nodig. Bram koerste net op tijd weer naar rechts en herstelde vanzelf zijn evenwicht. 'Doe nou maar voorzichtig,' waarschuwde ze hem, 'straks val je nog om.'

'Nee hoor!' snerpte zijn stemmetje overmoedig. 'Ik kan al heel goed sturen. Net als die ene grote jongen van daarnet.'

Verrast stond Florien stil. Waarom schrok ze nou van deze opmerking? Hij kwam uit de mond van een driejarige en stelde heus niet veel voor. Elke willekeurige jongen was in zijn ogen natuurlijk een stoere reus. Maar toch... Je kon nooit weten. Ze holde achter Bram aan. Ho stop Bram, ik moet je wat vragen.

Inmiddels waren ze bij het speeltuintje aangekomen. Het lag er verlaten bij in de regen. De twee schommels zwaaiden zachtjes in de wind heen en weer.

'Ik ga nu even wippen. Blijf jij kijken?' commandeerde Bram, terwijl hij zich van zijn zadel liet glijden. Toen ze knikte, liet hij zijn driewieler gewoon staan waar hij stond, rende naar het houten brommertje en klom erop. 'Mijn broek voelt nat,' meldde hij met een ernstig gezicht. 'Maar ik heb niet in mijn broek geplast. Gek hè?'

Florien klemde haar handen om het stuurtje van het drie-wielertje. 'Wie bedoelde je daarnet?' polste ze voorzichtig. 'Ken jij dan een grote jongen?' Alsjeblieft, zeg dat hij hier geweest is, dacht ze, dan wordt het vandaag toch nog een leuke dag.

Bram wipte heftig heen en weer. Zijn voorhoofd rimpelde zich bij het ingespannen nadenken. 'Nee,' zei hij aarzelend, 'nee, ik kende hem niet. Hij vroeg of Flien hier woonde. En ik heb ja gezegd. Hij wist niet eens dat jij naast mij woonde.'

'Zei hij zijn naam tegen je? Weet je hoe hij heette?' Haar hart bonsde in haar keel.

Bram schudde zijn hoofd. 'Hij reed op een brommer. Een hele grote. En hij had een echte helm op zijn hoofd. Want soms glijdt hij uit bij een bochtje, zei hij, en dan valt hij zomaar boem op zijn hoofd.' Hij giechelde. 'Stom van hem, hè Flien? Ik val nooit. En ik kan ook al mooie bochtjes maken. Papa zegt dat ik later misschien in het circus kan. Als ik vier ben. Dat is zo oud.' Dit keer gingen er vier vingers de lucht in. 'Maar dan moet ik eerst mijn naam leren schrijven. Op de baassusschool.'

Florien luisterde maar half naar zijn gekwebbel, haar gedachten dwaalden telkens af naar wat Bram had gezegd. Zou Renko inderdaad met zijn scooter hiernaartoe gereden zijn om te zien waar ze woonde? Op zaterdagmorgen, in de motregen? Wat had hem bezield om dat te doen?

Schuldgevoel, aarzelde ze, omdat hij gisteren niet gekomen was? Maar tegelijkertijd realiseerde ze zich dat Renko daar waarschijnlijk geen type voor was. Hij was er veel te stoer, te zelfverzekerd voor. Of eh... misschien vond hij haar gewoon leuk! Dat kon toch ook wel?

Hoe moest ze nou reageren als ze hem hier plotseling tegen zou komen? Beledigd? Relaxed, alsof het haar niets kon schelen? Blij verrast? Hé Renko, leuk dat ik je hier zie, in dit speeltuintje. Dit is nou Bram, weet je wel, dat ventje dat zo vol bewondering naar je scooter heeft staan staren en die je hebt proberen uit te horen. Ik pas vaak op hem. Meestal op vrijdagavond. Hè Bram? Even een aai over zijn natte bolletje. Scheve grijns.

Of arrogant en uit de hoogte, zoals gisternacht? Ze sloot even haar ogen. Alles leek in haar leven plotseling anders geworden. Verwarrend.

Ergens in de verte hoorde ze het geluid van een scooter, die steeds dichterbij kwam. Haar onzekerheid groeide.

Met een kleine draaibeweging aan het stuur maakte de scooter een soepele bocht en remde bij de ingang van het speeltuintje. Zijn remmen piepten. Bram keek op en hield meteen op met wippen. 'Dat is 'm nou. Dat is die grote jongen,' riep hij verrukt. Hij klom uit de brommer, ging snel op zijn driewieler zitten en wachtte naast Florien, als een kleine ridder op zijn stalen ros.

Florien voelde haar wangen gloeien, terwijl ze toekeek hoe de bestuurder zijn scooter op de standaard zette en zijn helm losgespte. Ze wist wie hij was, natuurlijk wist ze dat. Zelfs met zijn helm nog op en zijn rug half naar haar toegedraaid had ze hem onmiddellijk herkend. Renko.

De helm onder zijn linker arm geklemd liep hij op hen af. Met zijn andere hand streek hij door zijn haren, terwijl zijn ogen onderzoekend over haar gezicht gleden.

'Hoi.'

Dat ene kleine woord klonk als een zacht pistoolschot en trof haar, beng, midden in haar hart. Nu wist ze zeker dat hij speciaal voor haar kwam.

'Hoi,' zei Florien zacht terug. Het was even stil. Ze vermeed het om hem recht aan te kijken. Haar gedachten waren net een verwarde kluwen wol, waar je geen begin of einde meer in kon ontdekken. Dit was een regelrechte nationale ramp, ze zag er natuurlijk verschrikkelijk verregend en truttig uit. Haar haren waren nat, haar huid glom van de regen en dan ook nog zo'n klein kind bij haar. Misschien dacht hij wel dat het haar jongere broertje was. Nee nee, Bram had hem al verteld dat ze naast hem woonde.

Shit, wat moest ze nu tegen hem zeggen? De stilte deed bijna pijn aan haar oren! Gelukkig redde Bram haar.

'Mooie helm,' bewonderde Bram, terwijl hij met zijn handje zacht over het plastic streek. Florien kon zich even ontspannen. Bram, dacht ze, ik ben je eeuwig dankbaar.

Renko lachte. 'Wil je hem eens op?' Er verschenen kleine lachrimpeltjes bij zijn ogen en ineens zag hij er een stuk jongensachtiger uit. Toen Bram verheugd ja knikte, liet hij heel langzaam en voorzichtig, alsof Brams hersenpan van porselein was, de helm over zijn oren zakken. Het jongetje klom direct op zijn driewieler en ging fietsen.

'Mooie scooter,' was het nu de beurt aan Florien. Stom stom stom, dacht ze, het lijkt net of ik Bram expres aan het naäpen ben. 'Cool kleurtje, dat rood,' voegde ze er haastig aan toe. Hm, ook geen bijster originele opmerking.

Renko grinnikte. 'Hij is gloednieuw, ik heb hem nog maar een week. Ik heb hem gisteren opgevoerd. Samen met mijn vriend, met Walter. Ik wilde de klus afmaken, maar het duurde alleen wat langer dan ik gedacht had. Jammer.'

Verward vroeg Florien zich af of ze zijn woorden misschien als een verborgen excuus moest opvatten.

8

Hoelang zaten ze daar met zijn tweeën in het speeltuintje op de schommels heen en weer te schommelen en met elkaar te kletsen? Florien was inmiddels elk besef van tijd kwijtgeraakt. Dat ze zo langzamerhand doorweekt raakte van de siepelende regen deerde haar niet. Haar haren hingen in slierten op haar schouders, maar het kon haar niets schelen, ze lette er gewoon niet op.

Ook Renko maakte duidelijk geen aanstalten om weg te gaan. Telkens als Bram langs de schommels reed op zijn driewieler, tikte hij met zijn nagels op de bovenkant van de helm en oogstte daarmee een dankbare grijns van Bram.

'Ik ben daarstraks langs je huis gereden,' zei Renko, terwijl hij zich met zijn voeten afzette om de schommel in beweging te houden, 'rijdt je vader toevallig in een BMW? Een metallic blauwe? Ik zag iemand uit jullie huis komen en erin wegrijden.'

Ze knikte.

Renko floot bewonderend. 'Mooie kar. Zo eentje zou ik er later ook wel willen hebben. Hoe hard kan ie?'

Florien haalde haar schouders op. 'Geen idee. Ik geloof honderdtachtig of zo. Mijn vader rijdt eigenlijk nooit echt hard.'

Renko grinnikte. 'Dat dacht ik wel. Jouw vader is dus een braafje. Net als jij.'

Er lag een toon in zijn stem die Florien hinderde. Alsof hij plotseling neerkeek op haar.

'Zo braaf ben ik anders heus niet,' verdedigde ze zich.

'O nee?'

'Nee. Hoe kan jij dat dan trouwens weten? Je kent me niet eens.'

Renko rolde een shag en bood haar er een aan. Hij glimlachte toen ze de sigaret weigerde. Terwijl hij een trekje nam en de rook in een cirkel uitblies, zei hij: 'Dat bedoel ik nou. Ik weet al best wel veel van je. Je zit in de vierde. Je woont in een sjieke buurt. Je praat als een echte kakker. Je pa rijdt in een patsersauto. Nou, in een aantal opzichten ben je anders dan ik. Dat is me wel duidelijk. Je zit zeker ook nog op hockey?'

Florien beet op haar lip. Dit gesprek ging de verkeerde kant op. 'Ik zàt op hockey,' verbeterde ze hem. 'Ik ben ervan afgegaan. Ik vond het niet leuk meer.'

'En je ouders? Die golfen natuurlijk?'

Ze schudde haar hoofd. 'Nee.'

'Valt me nog mee. Ik had erger verwacht.'

Weer viel er een stilte.

Florien keek hem van schuin opzij aan. Hij vindt me een trut, dacht ze. En toch is hij hiernaartoe gekomen en heeft hij me waarschijnlijk gisteren gebeld. Een typisch voorbeeld van een paradox, zou mevrouw Laarmans, hun lerares Nederlands, zeggen: een tegenstelling die geen tegenstelling is, maar lijkt.

'Wie heb je voor Nederlands,' vroeg ze plotseling. Het was weliswaar geen flitsende vraag, maar het was het eerste wat haar inviel om vlug van onderwerp te kunnen veranderen.

Renko hield zijn hoofd even scheef bij het nadenken. 'Dijkhuizen, geloof ik,' zei hij aarzelend. 'Zo'n kerel met een driedelig pak. Zijn lessen zijn net zo saai als hij eruitziet.' Hij drukte zijn sigaret tegen de zool van zijn laars uit en liet daarna de peuk op de grond vallen. Van een afstandje keek Bram geïnteresseerd toe.

'Die Zijkhuizen mag me niet,' ging Renko door. 'Hij heeft gewoon een vooroordeel tegen mij. Zo'n knul die in het eerste trimester opeens bij je op school komt, nou, die zal wel niet deugen.' Zijn stem klonk een beetje bitter. Hij wendde zijn hoofd af.

'Hiervoor zat jij toch op de Don Bosco?' vroeg Florien voorzichtig. 'Dat hoorde ik Kim tenminste tegen je zeggen.'

Renko verstrakte. Met een ruk stond hij op, wenkte Bram om dichterbij te komen en trok zijn helm van zijn hoofd.

'Klopt,' was zijn korte antwoord. 'En nu zit ik bij jullie op school. Wat kletsen jullie meiden toch altijd met elkaar. Nou, de mazzel, ik zie je maandag wel weer op school.' Hij zette zijn helm op, gespte hem vast onder zijn kin en startte zijn scooter. Een kleine beweging met zijn hand als groet en hij reed vol gas weg, Florien in verwarring achterlatend.

Wat had ze nou voor verkeerds gezegd? Waarom reageerde hij zo bot op de naam van Kim? Vanwege zijn vriend? Nee nee, er was iets anders aan de hand met hem. Het leek eerder of hij iets probeerde te verbergen. Iets waarvan hij niet wilde dat iemand er achter zou komen. Een geheim?

Onzeker staarde ze de verdwijnende scooter na, tot Bram aan de mouw van haar jas trok en haar dringend vroeg: 'Flien, komt die grote jongen nog eens bij ons spelen, denk je?' Afwezig knikte ze ja. Ik hoop het, Bram. Ik vind het ook jammer dat hij weg is.

In een verschrikkelijk rothumeur kwam Florien aan het einde van de middag thuis. Ze begreep zelf niet hoe het kwam, maar iedereen irriteerde haar mateloos. Martijn in het bijzonder. Op alles wat haar broertje zei of deed, reageerde ze met een snauw. 'Nou zeg,' zei hij op een gegeven moment verontwaardigd, 'ik kan in jouw ogen ook niks meer goed doen. Je moet zeker ongesteld worden?'

Hij wist dat hij haar hiermee dodelijk beledigde en daarom zei hij het expres, daar was ze van overtuigd. Het rotjoch! Briesend van machteloze woede stampte ze naar boven en trok de deur van haar kamer met een knal achter zich dicht. 'Kan het een beetje zachter, prinses,' riep papa van beneden. Ach, laat me toch met rust, dacht ze, dan hebben jullie ook geen last van me.

De rest van de avond zat ze bokkig op haar kamer en weigerde naar beneden te komen.

Tergend langzaam gleed het weekend voorbij. Hoe Florien

ook probeerde om zich er overheen te zetten, ze bleef continu dat landerige gevoel houden. Het was allemaal plotseling zo ingewikkeld geworden. Het ene moment voelde ze zich hopeloos verliefd en het andere moment kon die Renko wat haar betrof de pot op. Kim had inderdaad gelijk: hij deugde gewoon niet. Zoals hij zich op het laatst naar haar had opgesteld: zo koel, zo afwerend. Dat was toch geen normale reactie. Alleen maar omdat ze had gevraagd naar zijn vorige school! Die knul was echt niet goed snik!

Een paar keer stond ze op het punt om Kim met een doorzichtige smoes op te bellen om eens uitgebreid met haar te bespreken wat er nu eigenlijk aan de hand was. Er was altijd wel een flauwekul reden te bedenken, zoiets in de trant van 'Jeetje, ik ben mijn planner geloof ik kwijt, weet jij misschien wat we voor Maatschappijleer de komende week op hebben?' Kim had nu eenmaal meer ervaring op het gebied van jongens en zo en ze kende Renko al een beetje, dus ze zou haar misschien wel precies kunnen vertellen wat er eigenlijk aan de hand was met hem.

Maar met de telefoon in haar hand en het nummer al ingetoetst, had ze er ineens geen zin in om dan ook Kims verhalen aan te moeten horen hoe ze haar zaterdagavond in Noordwijk had doorgebracht, en legde het toestel zwijgend terug. Was ze er misschien bang voor dat Renko er ook was geweest? Dat Kim met eigen ogen had gezien hoe hij er zich amuseerde, om daarna in geuren en kleuren aan Florien te vertellen met welk meisje hij eh... 'Ja heus Flo, je kent haar niet, maar het is echt waar, ze gingen richting strand, dat weet ik zeker.'

Florien kreunde inwendig. Nee, die lol gunde ze Kim niet. Zeker niet na haar waarschuwende woorden.

Het gevolg was dat Florien het hele weekend eigenlijk het liefst boven op haar kamer bleef, lekker veilig in haar eentje, ver weg van haar ouders en van Martijn. Ze had nog geprobeerd zichzelf een beetje op te kikkeren door in een chatbox rond te hangen, maar het enige resultaat was geweest dat ze zich opeens groen ergerde aan het domme gezwets van degene met wie ze in contact was gekomen. Toen hij al na een paar minuten vroeg wat ze aan had, tikte ze balorig in: 'Mijn zwarte draculapakje. Heel vervelend, ik merk aan de vieze smaak in mijn mond dat ik vannacht vergeten ben mijn tanden te poetsen.' Met een scheve grijns constateerde ze dat de ander onmiddellijk de verbinding met haar verbrak.

Wat een engerd, dacht ze en sloot nog chagrijniger dan daarvoor de computer af. Niets hielp om haar humeur te verbeteren.

Zondagavond lag Florien puur uit verveling vroeg in bed. Ze had bij de afwas een knallende ruzie met Martijn gemaakt die beweerde dat hij altijd alles alleen moest doen, omdat zijn oudere zus zich zo nodig overal aan probeerde te onttrekken.

'De hele tijd ligt ze op haar nest te rotten,' had hij kwaad tegen zijn moeder opgemerkt, 'ze komt alleen naar beneden om te eten en op het moment dat het háár beurt is om de pannen te doen, moet mevrouw zo hoognodig aan haar huiswerk. Ik snap niet dat je het pikt, mam. Waarom geef je haar d'r zin?'

'Ik zit in de Tweede Fase,' had Florien hooghartig geantwoord, vlak voordat ze naar boven verdween, 'en iedereen, zelfs Martijn van Slooten, zou kunnen weten dat dat stukken harder werken is dan zo'n onnozel brugjaar waar een zeker klein mannetje van twaalf jaar mee bezig is. En wat ik op mijn kamer doe is mijn zaak en niet de jouwe.'

Martijn had achter de rug van mama zijn middelvinger naar haar opgestoken.

Toch duurde het lang voordat ze insliep. Telkens dwaalden haar gedachten af naar gistermiddag in het speeltuintje. Dan zag ze weer voor zich hoe Renko met een uiterst behoedzaam en voorzichtig gebaar, bijna teder, zijn helm over het hoofd van Bram had laten zakken.

Je zou bijna geloven dat er twee soorten Renko's bestonden: een stoere en zelfverzekerde die overal lak aan had en een zorgzame en attente. Welke jongen van zijn leeftijd zou zomaar zijn helm afstaan aan een knulletje van drie jaar?

Renko. Morgen zag ze hem weer op school. Ze sloot even haar ogen om zich hem weer voor de geest te halen. Renko met zijn blauwe ogen... Zou hij op haar afkomen in de pauze? Of zoals gisteren in de fietsenstalling op haar wachten, na de laatste les? O, waarom kon je de tijd niet gewoon een zetje vooruit geven, zodat het niet zo verschrikkelijk lang meer hoefde te duren voor het morgen was?

Net op het moment dat ze voelde dat ze weggleed in een diepe slaap, schoot het door haar heen dat ze haar huiswerk niet af had. Pech gehad, was haar laatste gedachte. En ze was vertrokken.

9

Die maandagmorgen kwam Florien bijna te laat op school.
Ze had zich verslapen, maar gelukkig had Martijn haar nog
net op het nippertje wakker gemaakt. Nu had ze alleen geen
tijd gehad om te douchen en boterhammen voor zichzelf
klaar te maken voor in de grote pauze. Nou ja, dacht ze, van
één dag hongerlijden krijg ik heus geen rolberoerte. Ik zie
wel hoe ik het overleef.

Hijgend stormde ze tegelijk met de tweede bel de klas binnen en plofte neer op haar plaats. Pff, ze was nog helemaal
buiten adem van het fietsen, maar het was haar mooi gelukt!
Ze glimlachte even naar Kim. 'Hoi. Een kwartier geleden lag
ik nog in mijn bed. Moet je nagaan hoe snel ik gereden heb,
ik heb minstens het wereldkampioenschap door-het-rode-
stoplicht-rijden gebroken.'

Maar Kim reageerde niet en trok zwijgend haar tas naar zich
toe, die ze op Floriens bank had gelegd. Haar gezicht stond
strak. Florien stootte haar aan. 'Hé joh, is er wat?' Kim haalde
licht haar schouders op. 'Wat zou er moeten zijn?' antwoordde ze koel. 'Behalve dan dat jij zaterdagmorgen zonder iets te
zeggen ineens verdwenen was, is er niks aan de hand. Mama
en ik begrepen er niets van. We hadden expres lekkere dingen in huis gehaald en jij was plotseling voor het ontbijt weg
alsof we ruzie hadden. Je had me daarna toch wel even kunnen bellen?'

Florien opende haar mond om zich te verdedigen, maar net
op dat moment keek Mevrouw Sleeboom, hun lerares
Maatschappijleer, verstoord op van het klassenboek, dat ze
aan het invullen was. 'Je boft, Florien,' merkte ze op, 'normaal
gesproken had je een briefje kunnen halen, maar ik heb nog
niets in het klassenboek geschreven. Voor deze ene keer zal
ik het door de vingers zien. Nu kun jij me mooi vertellen
wat je vorige week zoal gedaan hebt. Laat maar eens zien
hoe ver je gekomen bent met je werkstuk.'

Langzaam begon Florien haar rugtas uit te pakken. Het was echt asociaal van Sleebommetje om meteen al maandag het eerste uur iemand onder vuur te nemen. Ze moest eerst even op gang komen, ze was amper haar bed uit. En dan ook nog zo'n flauwe reactie van Kim erbovenop. De week begon al goed.

Ze voelde meer dan dat ze het zag hoe Kim van schuin opzij toekeek hoe ze haar etui tevoorschijn haalde en daarna haar agenda en haar multoklapper.

Ondertussen draaiden haar hersens op volle toeren. Werkstuk... werkstuk... Waar had dat mens het daarnet over?! Hè, wat een gezeur allemaal.

Terwijl ze haar multomap opensloeg, herinnerde ze het zich weer. Verdomme ja, dat was waar ook, ze moesten vandaag een eerste globale opzet inleveren! Ze verschoot van kleur. O lieve hemel, ze hing! Als Sleebommetje in de gaten kreeg dat ze niks gedaan had, hing ze aan de bovenste boom te bungelen! Dan kon ze zich melden bij de conrector en minstens een week gaan strafcorveeën.

Driftig bladerend in haar multomap deed ze net of ze iets aan het zoeken was.

'Schiet eens even op,' maande de lerares, 'dit duurt me te lang.'

'Ik kan het nergens vinden,' mompelde ze, 'ik had het op een blaadje geschreven, dat weet ik zeker, maar dat heb ik geloof ik thuis laten liggen.'

Lisanne draaide zich naar haar om en zei met een scheef lachje: 'Ja hoor, dat zal wel. Zeg nou toch gewoon dat je het niet gemaakt hebt, trut. Dat bespaart ons nog meer huiswerkcontrole. Ze is allang blij als ze in ieder geval één van ons heeft kunnen betrappen.'

Kim liet zich een beetje onderuit zakken en gaf haar een waarschuwende schop tegen haar enkel. 'Bemoei je met je eigen zaken,' siste ze zacht, 'misselijke make-updoos die je bent.'

Lisanne schoot recht en slaakte een klein kreetje van schrik.
'Au! Je doet me pijn!'
'Kim, hou je benen thuis alsjeblieft,' verzocht mevrouw Sleeboom, 'en jij Lisanne, ik kan het wel alleen af, meisje. Als jij zoveel commentaar op anderen hebt, laat dan maar eens zien wat jij tot dusver gepresteerd hebt. Kom maar naar voren.'
Lisanne werd knalrood toen de klas hardop begon te grinniken. Vooral Yorick had de grootste lol. Maar Florien herademde van opluchting. Het gevaar was voor haar voorlopig even geweken. Aardig van Kim om me te hulp te schieten, dacht ze. Misschien ligt het wel aan mij en zie ik alles te zwart.

Kim zei niet veel tijdens de les. Ze werkte stug door aan haar werkstuk en deed af en toe net of ze Floriens vraag niet hoorde, als ze iets van haar wilde weten.
'Wat doe je flauw,' krabbelde Florien op een stuk papier, 'ik heb je toch niks misdaan? Waar ben je nou boos om? Toch niet alleen om dat van zaterdag?'
Demonstratief duwde ze het onder Kims neus. Ze moest het nu wel lezen. Maar Kim schoof het velletje ongeïnteresseerd opzij en schreef onverstoorbaar verder aan haar werkstuk, alsof haar leven ervan afhing.
Toen gaf Florien haar pogingen op. Als Kim dan per se moeilijk wilde doen, nou, dan kreeg ze ook haar zin ook. Dag Kim, toedeloe, doe maar lekker je best. Van mij heb je geen last meer.
Ze boog zich over haar blaadje en voelde hoe haar ogen opeens verdacht begonnen te glanzen. Je bent een sukkel, schold ze zichzelf uit, ik snap niet dat je je het zo aantrekt dat Kim een pestbui heeft. Laat haar toch gewoon barsten. Ze draait straks heus wel weer bij. Ik moet gewoon even naar buiten en me niet zo aanstellen.
Vlug stak ze haar vinger op en kuchte om de aandacht van

de lerares te trekken. Mevrouw Sleeboom keek haar vragend aan. 'Ja?'

'Mag ik even naar de wc?'

De lerares knikte en Florien vluchtte de klas uit.

Er was gelukkig niemand in de meisjes-wc. Florien snoot luidruchtig haar neus in een stuk toiletpapier. Toen draaide ze de kraan open en hield haar mond onder het straaltje water. Ze slurpte twee slokjes water naar binnen en veegde met de rug van haar hand haar mond af. Onderzoekend staarde ze naar haar spiegelbeeld en trok een grimas naar zichzelf. Waren haar ogen rood? Nee, het viel wel mee, ze zag er alleen een beetje moe uit, door die kringen onder haar ogen. Ze wierp een blik op haar horloge. Nog tien minuten, voordat de les afgelopen was. Dat was te lang om gewoon weg te blijven en op de bel van het tweede uur te wachten.

Met een zucht trok ze de deur van de wc achter zich dicht en wilde net naar het lokaal teruggaan, toen ze tegen iemand botste, die uit de jongens-wc kwam. Er ontsnapte haar een klein kreetje van verrassing. Renko! Wat een toeval! Onmiddellijk veranderden haar knieën in slappe elastiekjes.

Er verscheen een flauwe glimlach op zijn gezicht, toen hij haar ook herkende. Hij stak zijn hand op in een korte groet, zei 'hoi' en beende met grote stappen de andere kant op. Dat was alles. Hij keek niet om.

Florien staarde hem na. Zijn billen bewogen ritmisch op en neer in zijn spijkerbroek, zag ze. Stevige, ronde billen, waar je even je handen omheen wilde leggen.

Het was voor de eerste keer in haar leven dat ze op het achterwerk van een jongen lette, realiseerde ze zich met een schok.

Ik ben verliefd, dacht ze, echt hopeloos binnenste buiten ondersteboven verliefd. Haar hart leek wel een fladderende vlinder, zo onrustig ging het tekeer in haar lichaam.

Dromerig, met een gevoel alsof ze aan het slaapwandelen was, liep ze terug naar het lokaal. Nog twee slaapverwekkende lange uren, voordat het pauze was... Hoe moest ze die ooit zien door te komen?

10

Toen de bel aan het einde van het derde lesuur ging ten teken dat de kleine pauze begon, voelde Florien dat ze zenuwachtig begon te worden. Vlug schoof ze haar boeken, agenda en etui in haar rugtas en maakte aanstalten om de klas uit te gaan, toen mevrouw Wiegerinck haar bij de deur terugriep. 'Kun je even hier blijven, Florien? Ik moet iets met je bespreken.'

Florien zuchtte onmerkbaar. Nee, dat kon ze niet. Ze moest zo snel mogelijk naar de aula om er een stuk stokbrood te kopen, want ze rammelde van de honger. Als het nog langer duurde, zou ze ter plekke van haar graatje vallen. Ze had me toch een honger! Maar ze zei niets en kwam schoorvoetend terug. De eigenlijke reden was heel anders, dat wist ze natuurlijk zelf ook wel. Ze had toevallig geen tijd omdat ze Renko weer wilde zien, voordat Kim hem aangeklampt had. Want Kim zou geheid proberen om weer zijn aandacht te trekken, zoals ze vrijdagnacht ook gedaan had. Kim had natuurlijk zelf een oogje op Renko en daarom deed ze zo lullig tegen haar.

Maar hoe kon je dat nou aan zo'n theemutsenlerares uitleggen? Was die ooit jong geweest? Nee, natuurlijk niet. Leraressen waren nu eenmaal een soort dat speciaal gekweekt werd in de vijver van de onmogelijke beroepen waar alleen vrouwen zich voor beschikbaar stelden. Wie werd er in deze tijd nou nog leraar?! Alleen kneuzen toch? Mensen die in het bedrijfsleven mislukt waren en nu probeerden in het onderwijs een gemakkelijk baantje te krijgen met veel vakantie, zou papa zeggen.

Ongeduldig wachtte ze tot Wiegerinck klaar was met het bord schoonvegen, het klassenboek invullen, de stoelen recht zetten, wat propjes oprapen en de ramen open gooien om het lokaal te laten doorluchten. 'Zoals het hier kan stinken, weet je! Bruggers zijn een ramp, maar jullie kunnen er ook wat van.'

Florien knikte gehoorzaam, terwijl ze moeite deed om haar gezicht braaf in de plooi te houden en niet te laten merken hoe ze op hete kolen zat. O, schiet nou toch op, dacht ze vol ergernis. Ik heb nu nog maar tien minuten pauze. Wat interesseert mij het nou hoe het hier ruikt!

Toen ging de lerares breeduit op haar gemak zitten en zocht in haar tas naar haar map met papieren.

'Ik wou het je persoonlijk zeggen,' begon ze voorzichtig, 'je alvast een beetje voorbereiden. Maar leuk is het niet.'

Met tegenzin hoorde Florien aan dat haar opstel Engels beneden de maat was geweest. 'Niet eens een klein beetje, nee Florien, je werk lag eerder op het niveau van een derde klas. Misschien nog wel lager. Daar moet dus wat aan gedaan worden. Anders krijg je problemen, als Engels later in de Tweede Fase echt veel moeilijker gaat worden.'

De lerares overhandigde haar het proefwerkvel vol rode strepen en hield het voorzichtig omhoog, alsof ze bang was haar vingers eraan te branden. Florien begon zich bijna voor haar eigen werk te schamen, toen ze al die rode krassen en doorhalingen zag. Zou dat misschien ook de bedoeling van dat rotmens geweest zijn? Haar dag verpesten?

'Dat was het?' vroeg ze. Wiegerinck knikte. 'Ik moet het natuurlijk wel laten meetellen voor de volgende periode. Dat kan jammer genoeg niet anders. Maar gelukkig zit het nog niet in je examendossier. Ik zal eens kijken of ik thuis wat extra materiaal voor je heb, zodat je wat meer kunt oefenen. Afgesproken? Elke twee weken een opstel inleveren, wat vind je daarvan?'

Fantastisch, het kon niet beter. Nog meer schoolwerk erbij. Zo hield je bijna geen vrije tijd meer over.

Florien griste het papier uit haar vingers, mompelde iets onverstaanbaars en dwong zichzelf om met rechte rug en opgeheven hoofd de klas uit te lopen. Ze voelde de ogen van haar lerares in haar rug prikken en moest zichzelf met moeite beheersen om zich in de deuropening niet om te draaien en haar tong naar haar uit te steken en de deur daarna keihard achter zich dicht te trekken. Daag Mrs. Zeurmans, see you soon, maar niet heus!

Het kan me toch niks schelen, dacht ze opstandig, terwijl ze op de gang het papier tot een prop verfrommelde. Helemaal niks. Ze bekijkt het maar. Ze kan de pot op met haar afspraak. Alsof het leven alleen maar uit Engels bestaat.

In de wirwar van mensen in de aula kon Florien in eerste instantie niet zo gauw iemand onderscheiden die ze goed kende. Renko was nergens te bekennen. Ze ging op haar tenen staan, rekte zich uit en tuurde onderzoekend om zich heen. Ja, daar in de verte zag ze Kim met iemand staan praten. Met een onbekende jongen. Niet met Renko. Een gevoel van opluchting stroomde door haar heen. Misschien verbeeldde ze het zich maar dat Kim iets met Renko wilde hebben. Misschien was het gewoon haar eigen onzekerheid die haar parten speelde. Ze glimlachte onwillekeurig. Verliefd zijn was toch wel verschrikkelijk vermoeiend als je opeens van die rare ideeën over je beste vriendin begon te krijgen.

Ze wurmde zich een weg door de massa heen en stond een paar meter van de kantine vandaan, toen de bel ging en de stroom leerlingen zich langzaam in tegenwaartse richting begon te bewegen. Ze verdubbelde haar pogingen. Schiet op, laat me erdoor, ik heb haast! Net op het moment dat Willemijn het rolluik voor haar neus naar beneden wilde doen, zei ze ademloos: 'Doe mij maar een stokbrood.'

Willemijn schudde haar hoofd. 'Uitverkocht.'

'Nu al?' Haar maag knorde. Ze had toch wel behoorlijke honger, voelde ze.

Willemijn knikte. 'In de grote pauze zijn er weer nieuwe.'

'Dan nu maar een speculaaspop,' zei Florien haastig, terwijl ze naar haar portemonnee zocht om te betalen. Kennelijk was het ding ergens helemaal onder in haar rugtas terecht gekomen, ze kon hem in de gauwigheid nergens vinden.

'Moet ik je soms weer trakteren?' fluisterde iemand achter haar in haar oor. 'Florien van Slooten, met twee o's?' Ze voelde hoe zijn adem langs haar wang streek en begon automatisch te blozen. O, die stem... die stem herkende ze uit duizenden.

'Schiet even op, wil je?' zei Willemijn ongeduldig, terwijl ze het rolluik verder naar beneden liet zakken. 'Ik sta hier bijna wortel te schieten.'

Om zich een houding te geven gooide Florien vlug een euro op de toonbank, zei dat ze geen geld terug hoefde en draaide zich met knikkende knieën om. 'Hé Renko, jij hier?' reageerde ze verbaasd, net alsof ze helemaal niet had geweten dat hij het was. 'Leuk dat ik je weer zie. Jammer dat ik haast heb, ik krijg straks een proefwerk en de tweede bel gaat zo.'

Ze wachtte zijn antwoord niet af en vluchtte met een hoofd zo rood als een pioenroos de lege aula uit. Sukkel die je bent, kon je nou echt niet iets origineler verzinnen? gonsde het bij elke stap door haar heen, je hebt geeneens een proefwerk! Wat kan het je nou schelen dat je te laat in de les komt? Waarom laat je hem niet gewoon merken dat je hem hartstikke leuk vindt?

11

De grote pauze was al voor bijna de helft voorbij, toen Florien met haar ene hand de schooldeur openduwde en in haar andere een stuk stokbrood vasthield. Met haar elleboog hield ze de zware deur even tegen, zodat ze iets gemakkelijker naar buiten kon glippen.

Het was druk geweest bij de kantine, ze had er verschrikkelijk lang op haar beurt moeten wachten. Maar dit keer had ze het niet eens zo heel erg gevonden, want nu had ze onopvallend om zich heen kunnen kijken of ze ergens een glimp van Renko kon opvangen. Jammer genoeg had ze hem nergens kunnen ontdekken. Gek eigenlijk, dat ze in een verborgen plekje van haar hart toch nog gehoopt had dat ook hij naar haar zou uitkijken en haar zou proberen te zoeken. Hoe had ze nou zoiets stoms kunnen bedenken? Voor hetzelfde geld was hij natuurlijk allang uit. En trouwens, waarom zou hij op háár wachten? Ze hadden toch niks met elkaar?

Nog niet, zei een inwendig stemmetje in haar, maar wat niet is kan misschien nog wel komen. Kop dicht, zei ze tegen zichzelf.

Langzaam slenterde ze in haar eentje over het voorplein in de richting van de ijzeren hekken. Kim had jammer genoeg geen zin gehad om mee naar buiten te gaan. 'Mij niet gezien, hoor. Veel te koud,' had die beweerd, 'hap jij maar lekker frisse lucht in je uppie. Ik blijf gezellig hier binnen, where the action is.'

Zonder nog iets te zeggen had ze zich omgedraaid en was op het groepje afgelopen, waar Peter, Lisanne en nog een paar anderen van hun klas bij stonden. Vanuit de verte had ze nog naar haar gewuifd. Maar Florien had nee geschud.

Het was hartstikke druk bij de fietsenstallingen, zag Florien. Blijkbaar gingen er op maandag na het vijfde uur veel leerlingen naar huis, want de ijzeren toegangshekken stonden wijd open om alle fietsers en scooters gemakkelijk door te laten. Ze wilde net een hap van haar stokbrood nemen toen er achter haar getoeterd werd. Vlug deed ze een stap opzij en kon nog net op tijd uitwijken voor een scooter, die haar vol gas inhaalde en er daarna vandoor spurtte.

Ze sloeg het smalle paadje in dat leidde naar het parkeerterrein achter de school. Meestal was het hier redelijk rustig en ze had er nu behoefte aan even lekker alleen te zijn. Weg van al die mensen in die benauwend drukke aula.

Haar horloge wees kwart over een aan. Ze had nog tien minuten voordat de eerste bel ging. Kauwend leunde ze met haar rug tegen een lantaarnpaal en liet haar gedachten in haar hoofd alle kanten op dwalen.

Renko Goudriaan, met o u, had hij gezegd. Zou hij in het telefoonboek staan? Vast wel.

Als ik thuis ben, zoek ik direct zijn adres op, nam ze zich voor, en dan stuur ik hem een kaartje. Zo eentje met een grappige tekst erop, om hem duidelijk te maken dat ik er niet mee zit dat hij vrijdag onze afspraak is vergeten. Misschien belt hij me dan wel op voor een nieuwe afspraak. Waarom zou je? zei een ander kleine stemmetje. Je moet geen jongens achterna lopen. Je moet de eer aan jezelf houden. Als hij je niet wil, nou, dan wil hij je niet. Je hebt hem vandaag precies één keer gesproken, heel toevallig, hij is je echt niet bewust komen opzoeken. Behalve zaterdag dan, ja. Maar zat hij er toen achteraf mee dat hij je had laten barsten? Nee nee en nog eens nee. Hij vond zijn scooter duidelijk belangrijker dan jou.

Onzin, je wilt hem toch wel? hield het ene stemmetje koppig vol. Je vindt hem toch hartstikke stoer en leuk? Nou dan! Je leeft maar één keer, meid. Een kaartje is zo truttig, zo onpersoonlijk, dat doet iedereen. Ik weet iets beters: bel hem straks op en vertel hem dat je verliefd bent op hem. Gedraag je niet steeds zo als een bang flutflensje. Neem eens een voorbeeld aan Kim, die is tenminste geëmancipeerd: elke week een andere jongen als oefenmateriaal.

Florien verslikte zich bijna bij het idee dat zij op dezelfde manier op de versiertoer zou gaan. Ze rilde. Nou nee, dank je wel, zij was echt niet als Kim. Ze was anders.

Ja! Saaier! Degelijker! Trutteriger! treiterde het stemmetje vals. Bel hem dan eens op als je durft, hè? Nou? Flutflensje?

Bij elke hap die ze nam voelde Florien hoe haar humeur steeds verder onder het vriespunt zakte. Toen ze in de verte de bel hoorde gaan, gooide ze opgelucht de rest van haar stokbrood weg. De grote pauze was afgelopen. Nog één uur en dan mocht ze naar huis. Dan bel ik hem, besloot ze grimmig.

Florien klemde de hoorn dicht tegen haar oor, terwijl ze met trillende vingers voor de derde keer het nummer intoetste. Twee maal had ze in haar zenuwen het verkeerde nummer gedraaid en de verbinding verbroken zonder haar naam te zeggen. Gespannen wachtte ze op het overgaan van de kiestoon. 'Laat hem thuis zijn,' smeekte ze inwendig, 'laat hem alsjeblieft zelf opnemen, zodat ik niet zijn moeder of iemand anders aan de telefoon krijg.'

Voor haar gevoel duurde het eindeloos, voor ze een klik aan de andere kant hoorde en een hese vrouwenstem zei: 'Goudriaan.'

Haar knokkels werden wit van het knijpen in de hoorn. Yes!

'Met Florien van Slooten,' stotterde ze in de hoorn, 'is eh...' Op slag was ze in haar zenuwen zijn naam kwijt. Ze kneedde haar hersens in alle bochten die je kon verzinnen, maar ze kon er niet meer opkomen hoe hij heette. '...Uw zoon thuis?'

De vrouwenstem aan de andere kant lachte hees. Ze had duidelijk een rokersstem. 'Ik heb er drie, meid. Wie van hen is er vandaag in de aanbieding?'

Florien zweeg verpletterd. Wat moest ze daarop antwoorden? Ik weet opeens niet meer hoe hij heet, mevrouw, maar hij zit net bij mij op school? O, dat klonk wel als een erg randdebielerige stumperige opmerking. Een regelrechte blunder zou dat zijn!

Gelukkig redde de vrouw haar op tijd: 'Wacht even. Ik geloof dat ik Renko net hoor thuiskomen. Misschien bedoel je die. Zal ik je hem even geven?'

Renko! Ja ja ja! Haar hart sloeg een slag over en haar ademhaling ging sneller. Ze voelde hoe haar knieën begonnen te knikken. Renko met zijn blauwe ogen.

'Ja,' zei ze bijna onverstaanbaar. 'Graag.'

'Renk...' loeide de vrouw aan de andere kant. 'Telefoooooon. Ik weet niet wie. Een of andere griet. Ze heb haar naam niet gezegd.'

Heb, registreerde Florien en vond zichzelf meteen een burgertrut dat ze daarop lette. Er klonk gestommel en even later hoorde ze zijn stem in haar oor: 'Met Renko.'

Florien slikte krampachtig. Nu. Zeg iets flitsends. Iets grappigs. Wees leuk en origineel. Maar nee hoor, het was verschrikkelijk, ze moest bijna op hetzelfde moment plassen. Meteen, acuut. Hoge nood. Benen dicht tegen elkaar geklemd. Lieve help, wat was ze zenuwachtig.

'Hoi,' piepte ze zwak, 'met Florien.' Ze zweeg en wachtte op zijn reactie. Haar hersens waren murw gekneed. Ze kon niets meer uitbrengen.

Het bleef even stil. Toen zei Renko heel rustig en gewoon: 'Hoi Florien. Ik dacht al dat jij het was. Zullen we iets afspreken?'

Ze werd helemaal duizelig van opwinding. Ja ja ja!

'Zal ik vanavond naar je toe komen?' vroeg hij. Ze beet op haar lip. Vanavond? Bij haar thuis? Als haar ouders naar hun vaste kaartavondje waren? Hm, dat stond zo... Tja, hoe moest je dat nou zeggen? Zo uitnodigend? Alsof ze expres met hem alleen probeerde te zijn om hem te versieren of zo.

Achter zich hoorde ze Martijn de trap afdenderen. 'Zit je nou nog aan de telefoon?' riep hij verontwaardigd uit. 'Zeker met Kim aan het kletsen, hè? Kan je niet ophangen? Ik moet even bellen.'

Ze schudde nee en gebaarde hem dat hij zijn kop moest houden. Hij verdween schouderophalend weer naar boven. Ze wachtte tot ze de deur van zijn kamer hoorde dichtgaan en zei zo neutraal mogelijk: 'Liever niet hier, dat komt me niet zo goed uit. Laten we ergens anders afspreken.'

12

Om precies tien over acht stond Florien op de hoek van de straat stil, bij de ingang van het speeltuintje. Acht uur hadden ze hier afgesproken, ze was dus aan de late kant, maar gelukkig was Renko er nog niet. Het was flink koud, voelde ze en ze ritste haar jack tot bovenaan dicht. Geen lekker weer voor een eerste afspraakje. Ze vroeg zich af of ze nou al die tijd hier samen buiten moesten blijven.

Maar Renko straks mee naar huis nemen was ook niks, nu ze met Martijn weer ruzie had gemaakt. Terwijl ze nota bene vrijwillig de vaatwasser uit- en ingeruimd had en uit zichzelf ook nog de pannen had gedaan.

Ze stak haar handen diep in de zakken van haar jack om ze warm te houden. Wat was dat rotjoch nieuwsgierig geweest! Onmiddellijk had hij willen weten waar ze naartoe ging, toen ze rond achten haar jack aantrok en op het punt stond om weg te gaan. 'Gewoon een ommetje maken,' had ze gezegd, maar hij bleef maar doorzeuren en ging zelfs bij de voordeur staan om haar tegen te houden. 'In dit weer? Ik geloof er niks van. Je neemt gewoon je kans waar omdat mama en papa er niet zijn. Ik kan aan je gezicht zien dat je iets stiekems van plan bent.'

'Waar bemoei je je mee, ouwe opa!' had ze gesnauwd. 'Het gaat je niks aan wat ik doe. Ga opzij en laat me erdoor.'

Voordat Martijn iets terug had kunnen zeggen, was de telefoon gegaan. 'Nou?' had ze spottend opgemerkt. 'Je wilt toch zo graag alles weten? Waarom neem je dan niet op? Ben je ineens niet meer nieuwsgierig wie er belt?'

Ze was snel het huis uitgegaan, toen hij zich bij de vierde rinkel omdraaide en de kamer in verdween, want ze had er geen zin in dat hij achter haar aan zou komen om te zien waar ze naartoe ging. Daar achtte ze Martijn best toe in staat.

En nu stond ze dan hier te wachten. In de kou. Ze ademde

witte wolkjes uit. Ze leek wel een stomend nijlpaard in dat dikke jack. En haar neus was natuurlijk hartstikke rood van de kou geworden. Ze zag er vast niet bepaald aantrekkelijk uit op het ogenblik.

In de verte klonk het geluid van een scooter, die steeds dichterbij kwam. Even later zag Florien de rode scooter van Renko aan komen rijden. Hij draaide in de bocht een halve cirkel en remde met gierende banden, tot hij precies evenwijdig aan de stoeprand naast haar stilstond. De motor bleef draaien, terwijl Renko de klep van zijn helm omhoog schoof. Het plastic kijkglas was een beetje beslagen, zag ze. Op zijn gezicht verscheen een scheef lachje. Ze glimlachte verlegen terug.
'Zin in een ritje?' vroeg hij. Zonder op haar antwoord te wachten klopte hij op het achterzitje en trok de klep van zijn helm weer naar beneden. Blijkbaar ging hij er vanzelfsprekend van uit dat ze mee zou gaan.
Florien aarzelde. Maar ik heb geen helm, wilde ze opmerken. Ik kan toch niet zonder helm? Dat is gevaarlijk! Maar ze durfde niets te zeggen, bang dat hij haar anders weer een braafje zou vinden. Een slappe soepstengel, die niks durfde.
Vlug klom ze achterop en sloeg haar armen om zijn middel. Renko reed vol gas weg.
In het begin was ze een beetje bang. Het ging zo hard! De wind floot langs haar gezicht. Ze kreeg steeds meer het gevoel dat haar oren langzamerhand in brand gingen staan, zo begonnen ze te gloeien. Krampachtig hield ze zich uit alle macht tegen Renko aangeklemd. 'Relax!' brulde hij over zijn schouder. 'Vind je hem niet hartstikke cool? Ik heb hem gisteren nog meer opgevoerd. Hij kan nu bijna zeventig.'
Ze voelde zijn lichaam bij elke bocht soepel meebewegen om de scooter in evenwicht te houden en gaandeweg begon ze zich te ontspannen. Het was inderdaad fantastisch: zij zat

heerlijk verscholen achter zijn rug, dicht tegen hem aan, en voelde hoe de warmte van zijn lichaam zich langzamerhand door haar jack heen begon te verspreiden. O, ze zou wel uren zo kunnen doorrijden. Ze verstevigde haar greep om zijn middel, leunde met haar hoofd tegen hem aan en sloot genietend haar ogen. Renko.

Die avond zoende Renko Florien voor het eerst. In het speeltuintje. Het was een lange, tedere zoen. Hij had eerst een sigaret gerookt en terwijl hij de peuk op de grond gooide en met de punt van zijn schoen uitwreef, trok hij haar naar zich toe, heel langzaam, heel voorzichtig, en nam haar in zijn armen. Ze kon zijn hart bijna voelen bonzen, zo dicht stonden ze tegen elkaar geleund. En toen hield hij zijn hoofd een beetje schuin en zoende haar.

Het eerste wat ze verschrikt dacht, was: 'Hij smaakt inderdaad naar een volle asbak.' Want ze kon proeven dat hij daarnet gerookt had. Maar de smaak was helemaal niet erg, je was er gauw genoeg aan gewend en dan merkte je er niets meer van.

Ze zoende hem terug. We zijn nu één volle asbak geworden, dacht ze geamuseerd en daar moest ze zelf even inwendig om grinniken.

Ze bleven zoenen. Het leek wel of hun tongen elkaar niet meer wilden loslaten. Telkens als ze even ophielden om elkaar diep in de ogen te kijken, trokken hun lippen vanzelf als een magneet weer naar elkaar toe om verder te gaan waar ze gebleven waren.

Zijn handen woelden soms door haar haren, streelden haar nek, speelden met haar oorlelletje. Allemaal prettig, prettig, heel prettig, o doorgaan.

Toch moest hij haar op een gegeven moment weer loslaten om een beetje op adem te komen. Met trillende vingers stak hij een nieuwe sigaret op en inhaleerde diep. 'Jij er ook een?' bood hij haar aan.

Ze schudde haar hoofd. 'Nee. Ik rook niet.'

Langzaam blies hij de rook uit. 'Ik had niet anders verwacht.'

'Hoezo?' vroeg ze voorzichtig. 'Wat maakt dat nou uit? Ik vind het gewoon niet lekker.'

Hij haalde zijn schouders op. 'Misschien omdat iedereen die ik ken, al zo ongeveer vanaf zijn twaalfde rookt. Maar jij bent anders. Jij hebt iets speciaals over je.'

Hij pakte haar bij haar kin, bestudeerde haar gezicht en zoende haar op het puntje van haar neus. 'Je voelt koud aan,' grinnikte hij. 'Als een kleine bevroren ijskoningin.'

Verward vroeg Florien zich af of ze zijn opmerking nu wel of niet als een compliment moest opvatten.

In de verte sloeg de kerktorenklok tien uur. Ze schrok. Zo laat al?

'Ik moet naar huis,' zei ze onzeker. Renko nam een laatste trekje en gooide zijn peuk op de grond. 'Ik loop zover met je mee.'

Maar ze weerde haastig zijn aanbod af. 'Nee nee, dat hoeft niet, ik woon heel dichtbij.'

Renko staarde haar even peinzend aan en Florien voelde zich helemaal klein worden onder zijn doordringende blik. Wat was nu de bedoeling? Mocht ze niet van hem alleen naar huis gaan? Wilde hij haar weer gaan zoenen? Of verwachtte hij dat zij ermee zou beginnen? Waarom keek hij nou zo eigenaardig?

Maar er gebeurde niets. Renko draaide zich zonder iets te zeggen om, liep naar zijn scooter, haalde zijn helm van het stuur en trok hem over zijn hoofd.

Florien keek toe hoe hij het gespje onder zijn kin vastmaakte. Dus geen zoen meer. Jammer.

Ze wachtte tot hij de scooter opnieuw had gestart en wilde daarna weggaan, maar precies op het laatste moment greep Renko haar bij haar arm en zei hees: 'Morgen weer hier, zelfde tijd?' Zijn ogen leken ineens heel groot en donkerblauw achter het plexiglas. Zijn woorden klonken als een bevel: jij bent van mij, als ik dat wil sta jij hier. Is dat duidelijk?

Ze knikte zwijgend. Ja, o ja! Natuurlijk! Haar hart bonsde in haar keel van geluk.

Het was stil in huis toen Florien thuiskwam, Martijn lag kennelijk al in bed. Ze hing met lome bewegingen haar jas op en keek lange tijd naar zichzelf in de gangspiegel. Haar wangen gloeiden, zag ze, en haar lippen waren helemaal rood en gezwollen geworden van al dat zoenen. Voorzichtig streek ze met haar vinger langs haar lippen. Ik ben toch zo verschrikkelijk verliefd, dacht ze dromerig, terwijl ze haar vingers als kam gebruikte om haar haren die voor haar gezicht hingen terug op hun plaats te duwen. Het doet bijna pijn, zo heb ik het te pakken. Ze leunde even met haar voorhoofd tegen de spiegel. Hm, heerlijk koel, ze had het buiten zo warm gekregen.

Ze liep naar binnen en zag dat er op de kamerdeur een briefje vastgeplakt zat. 'Flo, er hebben twee mensen voor je gebeld. Kim, geloof ik, maar ik weet het niet zeker, ze noemde haar naam niet. Ze zou nog terugbellen, zei ze. O ja, en ook nog de buurvrouw,' stond er in Martijns hanenpoot-handschrift op geschreven. 'Of je morgenavond kunt komen oppassen.'

Florien schudde haar hoofd. Dat zo'n simpel briefje in een klap je roze droom uit elkaar kon laten spatten! Ze had het gevoel dat ze weer met haar beide benen in de nuchtere werkelijkheid was teruggekomen. Mariette rekende er natuurlijk zoals altijd op dat ze kon. Alleen had ze dit keer pech gehad. Jammer van het geld dat ze ermee kon verdienen, maar haar afspraak met Renko was stukken belangrijker.

Ik zal morgen voor school wel even een briefje door de brievenbus gooien om het af te zeggen, dacht Florien. Dan kan Mariette nog iemand anders regelen. Langzaam liep ze de trap op naar boven en kleedde zich uit. Ze wilde net haar bed induiken toen ze in de slaapkamer van mama en papa de telefoon hoorde overgaan. Op haar radiowekker zag ze dat het inmiddels tien over half elf was geworden. Wie belde er nu nog zo achterlijk laat op? Vlug glipte ze haar bed uit, rende naar de slaapkamer en griste de telefoon van het nachtkastje. 'Met Florien van Slooten.'

Het bleef even stil aan de andere kant. Toen hoorde ze een meisjesstem gesmoord zeggen: 'Ik hoopte al dat je zelf zou opnemen en niet dat verwaande broertje van je. Ik wilde je alleen maar even waarschuwen. Jij moet heus niet denken dat Renko verliefd op je is. Hij valt niet op dure theemutsen zoals jij. Hij gebruikt je alleen maar en als hij genoeg van je heeft, dan dumpt hij je weer.'

Florien ving een geluidje op dat leek op een onderdrukte snik. Daarna klonk er een klik en de verbinding was verbroken. Aarzelend legde ze de telefoon terug op het nachtkastje. Ze had het gevoel of iemand haar heel hard met een hamer op haar hoofd had geslagen.

13

De volgende morgen liep Florien tegelijk met Kim het wis-
kundelokaal binnen, toen de bel voor het eerste uur net
gegaan was. Zonder iets te zeggen plofte ze neer op de achterste bank. Kim ging naast haar zitten en trok haar wenkbrauwen op. 'Wat ben je stil, Flo,' zei ze, 'waar zit je allemaal
aan te denken?'
Florien zweeg. Tja, wat moest ze Kim daar nou precies op
antwoorden? Dat ze gisteravond een raar telefoontje had
gehad en daarna maar moeilijk in slaap kon komen, omdat
ze de hele tijd erover had liggen piekeren wie dat onbekende meisje wel kon zijn? Dat ze zich afvroeg hoe ze aan haar
nummer gekomen was?
Maar wat veel enger was... Florien onderdrukte met moeite
een huivering. Dat meisje was ook op de hoogte geweest
van haar afspraakje met Renko! Hoe was ze aan die informatie gekomen? En waarom klonk het alsof ze aan het huilen was, terwijl ze tegelijkertijd zo venijnig deed tegen haar?
Ik moet het zelf zien op te lossen, dacht ze. Op de een of
andere manier moet ik er achter zien te komen wie dat
meisje is. Met een zucht haalde ze haar wiskundeboek uit
haar rugtas, kwakte het voor zich neer op de bank en staarde
een tijd lang peinzend voor zich uit. Zou ze aan Kim vertellen dat Renko en zij gisteren met elkaar gezoend hadden?
Weer zuchtte ze diep. Ach, misschien ook beter van niet, ze
wist toch al van tevoren hoe Kim zou reageren. Die zou haar
geheid uitlachen en voor gek verklaren.
'Florien van Slooten,' zei Vermeulen op scherpe toon. 'Het
heeft weinig zin om in deze klas zo overdreven te gaan zitten
zuchten. Dan kun je beter solliciteren naar een baantje als
loeiende koe bij de kinderboerderij. Ik wed dat je onmiddellijk wordt aangenomen. Wil je alsjeblieft zo beleefd zijn
om in ieder geval je boek open op tafel te leggen, zodat ik
mezelf nog enigszins kan wijsmaken dat je probeert te wer-

ken? De tweede bel is zeker al vijf minuten geleden gegaan. Je hebt toch hopelijk wel geluisterd, hè, Florien van Slooten?'

Florien schrok op uit haar gedachten, toen ze haar naam hoorde 'Hè? Wat?' Ze trok er zo'n onnozel gezicht bij dat iedereen in de lach schoot. Zelfs Vermeulen liet zich verleiden tot een klein glimlachje.

'Alle gekheid op een stokje, maar nu aan het werk,' commandeerde hij, 'ik krijg sterk de indruk dat je tot over je oren verliefd bent en daarom moet ik je erop wijzen dat je nu in de Tweede Fase zit, hetgeen betekent dat je je alleen op je werk concentreert, zonder er van die verdacht verliefde bijgeluiden bij te produceren die anderen alleen maar afleiden.'

Florien voelde hoe bij deze woorden een verraderlijke blos vanuit haar nek omhoog kroop en zich over haar wangen begon te verspreiden. 'Kijk haar nou toch eens blozen, jongens,' merkte de leraar spottend op. 'Ik heb kennelijk gelijk. Mag ik je feliciteren? Wie is de gelukkige? Iemand uit deze klas?'

De tranen sprongen haar in de ogen van onmacht. Ze haatte Vermeulen! Ze schaamde zich dood, vooral toen ze merkte dat de halve klas zich naar haar omdraaide en haar nieuwsgierig aanstaarde. Alleen Yorick gaf haar een bemoedigend knipoogje.

Kim stootte haar even aan. 'Ben je echt verliefd?' Florien knikte.

'Daar weet ik niks van. Op wie dan? Iemand die ik ken?'

'Op Renko,' fluisterde ze bijna onverstaanbaar, terwijl ze haar boek opensloeg en onhandig naar de juiste bladzijde zocht.

Kim floot zacht tussen haar tanden. 'O nee toch, hè? Dan ben je echt stom bezig.'

'Waarom dan?'

Maar Kim weigerde verder nog iets te zeggen tegen Florien en deed de rest van de les afstandelijk. Het leek wel of ze op de een of andere manier ergens over aan het nadenken was. Een paar keer stond ze duidelijk op het punt om een gesprek met Florien aan te knopen. Dan stootte ze Florien heimelijk aan en boog zich schuin naar haar over om iets tegen haar te fluisteren, maar één kort waarschuwend kuchje van Vermeulen was al voldoende om Kim onmiddellijk recht te doen zitten.

Tijdens de grote pauze zoende Renko Florien voor de tweede keer. Ze was er niet op voorbereid, het gebeurde zo snel. Midden in de volle aula trok hij haar naar zich toe, terwijl ze net op weg was naar de kantine, sloeg een arm om haar heen en boog zijn gezicht naar beneden op zoek naar haar mond. O, zijn blauwe ogen, zo dichtbij, zo dichtbij... Ze voelde hoe ze begon te trillen. Nee, niet hier, dacht ze nog even verschrikt, niet waar iedereen ons kan zien. Verlegen probeerde ze hem van zich af te duwen, maar hij was te sterk, hij bleef haar stevig vasthouden en al gauw gaf ze haar pogingen op en liet zich tegen hem aanglijden. Zodra zijn lippen de hare aanraakten, vergat ze alles en iedereen in haar omgeving en haar mond ging vanzelf als een willig weekdier open. Ze zoenden zeker vijf minuten met elkaar, zonder dat Florien zelfs maar in de gaten had dat een paar bruggers om hen heen gingen staan en zeer geïnteresseerd toekeken. Ze ging volkomen op in zijn omhelzing. Renko, ik leef samen met jou op een onbewoond eiland, met alleen de deinende zee om ons heen. Niemand die ons ziet. O Renko, wat ben je toch fantastisch!

Pas toen Renko haar ten slotte losliet en ze weer een beetje op adem was gekomen, merkte ze hoe iedereen spottend begon te applaudisseren. 'Bis bis,' riep een kleine jongen met stekeltjeshaar dat glinsterde van de gel. 'Lekker, hoor! Pak haar nog eens een keer zo plat op haar bek.' Ze begon te blozen. Verschrikkelijk, al die ogen die op hen gericht waren! Met de rug van haar hand veegde ze ongemerkt langs haar lippen en probeerde zich zo klein mogelijk te maken om vlug weg te kunnen glippen, weg van al die starende blikken, maar Renko hield haar met zijn arm om haar nek geslagen tegen en zei spottend tegen een andere brugger die hem openlijk aangaapte alsof hij zo-even een wereldwonder had zien gebeuren: 'Heb je wel goed opgelet, jochie? Ging het niet te snel voor je? Zal ik het je nog een keer voordoen? Krijg je vannacht eindelijk eens je eerste natte droom. Zou leuk zijn voor je, hè?' Florien verstijfde. Waarom zei hij dat nou? Het leek wel of hij expres zo grof deed om te provoceren.

'Nou nee, laat maar, geen behoefte aan,' snauwde de jongen, 'ik moet nu al bijna kotsen.' Renko grinnikte uitdagend en trok Florien langzaam weer in zijn armen. De vlammen sloegen haar uit. Vanuit haar ooghoeken zag ze hoe de jongen met zijn middelvinger tegen zijn voorhoofd tikte, zich omdraaide en wegliep in de richting van iemand, die eh... die verdacht veel leek op iemand die ze goed kende. Te goed kende zelfs. Martijn... Vanuit de verte staarde haar broertje haar vol afkeer aan.

'Nee nee,' wilde ze stamelen, maar op de een of andere manier bleven de woorden in haar keel steken. Weer voelde ze hoe Renko met zijn lippen en tong haar mond veroverde en weer gaf ze zich over aan zijn omhelzing.

Hij betoverde haar, merkte ze. Hij zorgde ervoor dat haar onzekerheid stukje bij beetje begon weg te smelten.

Toen na een eindeloos durende zoen de bel ten slotte ging, drukte hij haar nog dichter tegen zich aan en fluisterde in haar oor: 'Vanavond acht uur in het speeltuintje. Vergeet het niet.' Daarna pas liet hij haar los.

14

'Ik wist niet wat ik zag, mam,' hoorde Florien Martijn 's middags tegen hun moeder zeggen, toen ze haar rugtas in de gang gekwakt had en naar de kamer wilde lopen. Ze hield haar pas in en luisterde.

'Florien liet zich midden in de aula uitgebreid door die enge knul zoenen. Plat op haar bek! Minutenlang!' Zijn stem schoot even de hoogte in van verontwaardiging. 'Martijn,' hoorde ze mama waarschuwen, 'matig je taalgebruik, lieverd.' Florien stopte haar vuist in haar mond om niet in lachen uit te barsten. Alsof Martijn zich daar iets van zou aantrekken!

'Ik schaamde me dood,' ging haar broertje door, 'de helft van mijn klas stond om hen heen en iedereen lachte zich rot en ze had niks in de gaten. Helemaal niks. Ze bleven maar naar elkaar happen, nou, walgelijk gewoon, mam, je kon hun tong zelfs zien bewegen. Florien gedroeg zich als de ergste slettenbak van de hele school. De jongens hebben allemaal medelijden met mij dat ik zo'n zus heb.'

Florien glimlachte meewarig en wierp even een blik in de spiegel. Ach ja, die Martijn, zei ze in gedachten tegen haar spiegelbeeld. Wat een sukkeltje. Echt nog zo'n brugpiepertje, duidelijk nog nergens aan gewend. In ieder geval nam ze Renko voorlopig maar niet mee naar huis, besloot ze. Blijkbaar moest Martijn er nog aan wennen dat ze nu een vriendje had.

Tot de tanden toe gewapend liep ze naar binnen. 'Hoi,' zei ze zo neutraal mogelijk. 'Is er nog iets te drinken? Ik verga van de dorst.' Kom maar op, jullie twee!

Maar haar moeder zei niets. Het enige wat ze aan Florien vroeg was of ze het leuk had gehad op school? Ze wilde niet eens weten of er nog iets bijzonders was gebeurd. Daarom vertelde Florien uit eigen beweging, om Martijn een beetje te jennen die er zwijgend en met een verongelijkt gezicht bij zat, dat dat enge mens van Engels haar opeens met extra werk wilde opzadelen. Het verhaal was wel van gisteren, maar dat wist mama toch niet. 'Omdat ik niet goed ben in haar vak, mag ik me plotseling het rompeschompes gaan werken!' De verontwaardiging droop van haar stem. Ha, goeie anti-braafje-actie, dacht ze tevreden.

'Dat mens van Engels...' herhaalde haar moeder peinzend, 'wie heb je er ook alweer voor?'

'Wiegerinck.'

'Jong of oud?'

'Superbejaard, bijna met pensioen. En verschrikkelijk lelijk. Met snor en baard.'

Haar moeder roerde even zwijgend in haar theekopje. 'Toch aardig van zo'n leraar dat hij je wil helpen,' zei ze, 'ik zou zijn aanbod maar aannemen, als ik jou was.'

Onwillekeurig schoot Florien in de lach. En ook Martijn kon het niet nalaten even te grijnzen. 'Het is een vrouw, mam,' zei hij met lichte nadruk. 'En Florien overdrijft verschrikkelijk. Ze valt best wel mee.'

Hun moeder schudde verbaasd haar hoofd en stond op. 'O lieve hemel, ik ben er geloof ik niet helemaal bij met mijn gedachten. Ik zal het er met papa over hebben of het niet misschien handig is als je ook nog gewoon bijles krijgt? Engels is toch wel belangrijk. Vind je dat een goed idee?'

Florien zweeg.

Die middag schoot Florien niet op met haar huiswerk. Ze zat weliswaar achter haar bureau en ze had zelfs nog haar boeken open voor zich liggen, met haar ballpoint in de aanslag in haar hand om aan die rotsommen voor economie te beginnen, maar het lukte haar maar niet om aan de slag te komen. Telkens dwaalden haar gedachten af naar vanavond. Acht uur in het speeltuintje... Wat moest ze aan? Gewoon een spijkerbroek? Wel gemakkelijk, voor als ze weer met zijn scooter weggingen. Maar aan de andere kant niet erg sexy, eigenlijk heel gewoon. De halve wereld droeg een spijker-broek. Zou hij haar meteen gaan zoenen? O ja, alsjeblieft. Ik ben zoenverslaafd geworden. Kim heeft gelijk, zoenen is het absolute einde.

Vanuit haar ouders slaapkamer ving ze vaag het gerinkel op van de telefoon. Laat maar lekker gaan, dacht ze, ik neem niet op. Naast haar hoorde ze Martijn zijn kamer uit stor-men en even later bonsde hij op haar deur. 'Telefoon voor jou.'

'Wie dan?'

Zonder nog verder iets te zeggen verdween hij weer in zijn kamer.

Met een zucht schoof Florien haar stoel achteruit. Flauw van hem. Af en toe was het echt een rotjoch.

Toen ze haar naam had gezegd in de hoorn, bleef het stil aan de andere kant. 'Met Florien,' herhaalde ze ongeduldig. 'Ik haat je,' hoorde ze een gesmoorde meisjesstem fluisteren. 'Slet die je bent. Ik zag heus wel wat je in de pauze deed. Denk nou maar niet dat je stoer bent, het helpt toch niet. Ik weet zeker dat Renko je snel zal dumpen.' Toen klonk er een klik en de verbinding werd weer verbroken.

Met de telefoon in haar hand staarde Florien peinzend voor zich uit. Wie zou dat geweest zijn? In een opwelling toetste ze het nummer van Kim in en liet de kiestoon drie maal overgaan. Maar nauwelijks herkende ze de stem van Kims moeder aan de andere kant, of ze wist ineens niet meer wat ze moest zeggen: direct naar Kim vragen of nog even terug-komen op haar vroege vertrek afgelopen zaterdag? Ja sorry hoor, Vera, ik moest op tijd thuis zijn. Vandaar. Nerveus beet ze op haar nagel. Shit.

'Hallo?' herhaalde Vera dringend. 'Wie is daar? Is dit een grap of zo?'

Florien legde neer. Nee, ze kon het beter Kim later allemaal op school vertellen.

Misschien wist Martijn wie haar zo-even gebeld had. Maar toen ze het hem vroeg, kon hij haar geen duidelijk antwoord geven. Het was een meisje geweest, dat was het enige wat hij zeker wist. Ze had nogal zeurderig geklonken. Nee, hij herkende haar stem niet. En dat was maar goed ook, want van zo'n stem zou je onmiddellijk depri worden. Ze had rechtstreeks naar Florien gevraagd, dat wel ja, maar meer was er echt niet over te vertellen.

De voordeurbel ging tegen zevenen. Florien zat uitgebreid in een geurig schuimbad en dompelde zich nog eens heerlijk onder, toen Martijn op de badkamerdeur bonsde. 'De buurvrouw. Waar je blijft. Je had er allang moeten zijn.'
Florien schoot zo verschrikt omhoog dat het water over de rand klotste. Dat was waar ook! Ze was helemaal vergeten vanmorgen een briefje in de brievenbus te gooien dat ze vanavond niet kon oppassen!
'O Martijn,' piepte ze benauwd, 'ik lig in bad, kan jij dit keer niet voor mij gaan?'
'Gadver, nee hoor, jij past daar altijd op. Bram kent jou, naar mij luistert hij niet eens. Nou, kom er maar snel uit. Ze wacht beneden op je, zei Mariette.'
'Nee, echt niet. Ik kan vanavond echt niet, ik heb al een andere afspraak.'
'Wat dan?' Klonk er enige achterdocht in zijn stem?
Razendsnel dacht ze na. 'Ik zou naar Kim gaan. Om voor Engels te oefenen,' fantaseerde ze, 'we moeten samen een presentatie voor de klas houden. En je hebt zelf gehoord vanmiddag hoe slecht ik in Engels ben.'
Martijn zweeg een tijdje aan de andere kant van de deur. 'Ik zal je er ruim voor betalen,' voegde ze er haastig aan toe.
Nog steeds bleef het stil in de gang. Martijn had er duidelijk geen zin in en zat nu waarschijnlijk zijn financiën uit te rekenen.
Florien duimde onder water. Als je het voor me doet, Mar-

tijn, ben ik je eeuwig dankbaar. O, alsjeblieft, Martijn...
Gedraag je nou eens als de liefste broer van de hele wereld.
Ten slotte stelde hij voor dat hij bereid was tot tien uur het
van haar over te nemen. Op één voorwaarde... Ja ja ja!
Gespannen kneep ze in de badspons en keek toe hoe het
schuim uit de gaatjes tevoorschijn bubbelde en over haar
vingers heen gleed.
'Vier euro per uur,' bedong hij, 'en voor elke minuut die je
daarna te laat komt, krijg ik vijftig eurocent.'
Hij vermoedde dus echt niets. Opgelucht trok Florien de
stop uit het bad en terwijl het water gorgelend uit het bad
wegstroomde, riep ze dwars door het geluid heen: 'Akkoord!'
Ze hoorde hem de trap af stommelen en even later de voordeur dichtslaan.

15

'Hoi,' zei Renko. Hij zette zijn scooter op de standaard en liep op de schommels af.

Florien bleef doorschommelen. Ze voelde hoe de wind haar haren in haar gezicht blies. Ze schudde haar haren naar achteren en lachte naar hem. Renko zag er verschrikkelijk sexy uit, vond ze, dat zwarte jack stond hem echt onweerstaanbaar goed. 'Ook hoi.' Haar ogen glinsterden in het licht van de lantaarn.

Hij is toch gekomen, zong ze inwendig. Oké, ik moet eerlijk zijn, weliswaar een kwartier te laat, maar hij is er nu toch echt. En ik ga gewoon door met schommelen, eigen schuld dikke bult, had hij maar op tijd moeten zijn. Nu mag hij de eerste stap doen.

'Stop eens,' beval Renko en bleef met zijn helm in zijn hand voor haar staan. 'Ik wil je zoenen.'

'Nee hoor,' plaagde Florien, 'kom me maar halen.' Ze trok nog harder aan de touwen om haar snelheid te verdubbelen, terwijl ze met haar hoofd een knikje in de richting van de schommel naast haar gaf. 'Jij durft vast niet zo hoog als ik.'

Renko grinnikte. 'Is dit een wedstrijdje? Dan neem ik je uitdaging aan.' Hij legde zijn helm op de grond en greep voordat Florien iets had kunnen zeggen de touwen van haar schommel beet, maakte op het juiste moment toen de schommel op zijn laagste punt hing een sprong en belandde met zijn voeten precies aan weerszijden van haar benen op het plankje. Toen liet hij zich door zijn knieën zakken en plofte neer op haar schoot. Florien gilde het uit van het lachen. 'Idioot,' hijgde ze. 'Je bent hartstikke zwaar, man!'

Renko bracht zijn gezicht dicht bij het hare en wreef zijn neus tegen het puntje van haar neus. 'Nu winnen we allebei,' fluisterde hij in haar oor, 'we gaan om de beurt hoger. Kijk maar. Nu jij, en dan weer ik. We vliegen samen naar de sterren.' Toen zoende hij haar voorzichtig, met zijn lippen, zijn tong. Met zijn warme adem overal op haar gezicht.

Florien sloot genietend haar ogen en leunde iets meer naar voren, zodat ze dichter tegen hem aan kwam. Renko's gewicht drukte op haar bovenbenen, maar het was geen onaangenaam gevoel. Het had iets intiems om zo heel dicht-bij elkaar te zijn en de wind door haar haren te voelen spe-len.

Ze gingen al zoenend steeds langzamer schommelen. Toen de schommel uiteindelijk stil hing, liet Renko het touw los, schoof zijn handen onder haar jack, onder haar trui en begon voorzichtig haar huid te strelen. Bij de eerste aanra-king huiverde Florien licht. Zijn vingertoppen waren tege-lijkertijd koud en zacht... zo zacht! O, ga maar door, ga maar door, dacht ze en ze klemde zich tegen hem aan.

'Hmm,' fluisterde hij met zijn neus in haar hals, 'hmm, je ruikt zo lekker.'

Centimeter voor centimeter schoven zijn handen in een omtrekkende beweging van achteren naar voren, steeds hoger naar haar borsten toe. Ze liet het toe, aarzelend en onwennig, genietend van het gevoel van zijn vingers over haar huid, maar toen ze bijna bij de rand van haar bh waren aangekomen, duwde ze verlegen zijn handen weg.

'Nee,' fluisterde ze bijna onhoorbaar, 'nee.'

'Waarom niet?'

'Omdat...' zei ze aarzelend, maar wist niet goed hoe ze het onder woorden moest brengen. Omdat ik er nog niet aan toe ben, vulde ze in gedachten aan. Omdat het voor mij nu even te vlug gaat. Maar hoe kon je dat nou aan een jongen als Renko duidelijk maken zonder als een preutse trut over te komen? Massa's meisjes vonden het goed als jongens met hun handen onder hun trui gleden. Dat had Kim haar zelf verteld. Ze zweeg beschaamd.

Renko ging op de andere schommel naast haar zitten, zocht in de zak van zijn jack naar zijn pakje shag en begon op zijn gemak een sigaret te draaien. Al die tijd zei hij niets, totdat hij een trekje had genomen en de rook bestudeerde die hij in kringetjes had uitgeblazen. 'Geeft niks,' zei hij plotseling, 'ik had het kunnen weten. Je bent een verschrikkelijk lief klein meisje. Zeker nog nooit een vriend gehad?'

Toen Florien om klokslag tien uur bij de buren aanbelde, deed Martijn meteen open, duidelijk opgelucht dat ze hem kwam verlossen uit zijn vrijwillige ballingschap. Bram was onuitstaanbaar geweest, vertelde hij. Had niet naar bed willen gaan en liep de hele tijd om haar te zeuren. 'Waar is Flien nou?' had het ventje telkens gejengeld. 'Mama zei dat Flien zou komen.' Het scheelde niet veel of Martijn had hem een mep verkocht om hem zijn kop te laten houden.
'Ik wilde bijna Kim bellen dat je het zou overnemen,' zei hij verontwaardigd, 'door dat pestjochie heb ik geen flikker aan mijn huiswerk kunnen doen.' Nou ja, dacht ze, maar goed dat je het niet gedaan hebt. 'Hij slaapt nu?' Grappig was dat, het klonk als een korte zakelijke vraag, terwijl haar hart nog boordevol van Renko was.
Martijn stapelde zijn boeken in zijn rugtas en haalde zijn schouders op. 'Geen idee. Zal wel, ik heb hem al een tijd niet meer gehoord. Maar ik ben ook niet meer gaan kijken. Zodra hij mijn gezicht ziet, gaat hij geheid weer huilen.'
'Zou ik ook doen als ik hem was,' wilde Florien pesterig opmerken, maar ze slikte nog net op tijd haar woorden in. Dankzij haar broertje had ze nu een fantastische avond gehad. Renko, met je geheimzinnige handen en je lieve woorden... mijn huid gloeit helemaal en mijn lippen voelen gezwollen aan. 'Dit wordt mijn laatste zoen, kleine ijskoningin,' had hij om kwart voor tien gezegd, 'anders kom je te laat bij je broertje. Dat kost je een hoop geld en dat zou ik jammer voor je vinden.' Nog nagenietend deed ze even haar ogen dicht. Kon je aan verliefd zijn eigenlijk doodgaan?
'Ik ga dan nu maar,' aarzelde Martijn, terwijl hij zijn rugtas omhoog hees, 'ze komen rond elven thuis, zeiden ze.'

Florien knikte. 'Moet ik nog iets aan hen doorgeven? Heeft er nog iemand voor hen gebeld of zo?'

Hij schudde zijn hoofd. 'Nee. Ik heb alleen een telefoontje van Kim gehad.' Hij zweeg even. Florien verschoot van kleur. Nu kwam het alsnog uit dat ze hem eigenlijk met een rotsmoes belazerd had. 'Wat raar, ik kom net van haar vandaan,' probeerde ze hem te overtroeven, 'wanneer dan?'

'Ongeveer tien minuten geleden, denk ik. Je was inderdaad net weg, zei ze. Maar je had nog iets bij haar laten liggen en ze vroeg zich af of je het misschien nodig had.'

Opgelucht haalde Florien adem. Kim had haar dus niet verraden en haar spelletje blufpoker meegespeeld. 'Moest ik haar nog terugbellen?'

Martijn knikte. 'Tot elf uur was ze nog bereikbaar. Dan ging ze naar bed.'

'Flo, waar ben jij in godsnaam mee bezig,' brieste Kims stem aan de andere kant van de telefoon, 'bel ik nietsvermoedend naar je huis en krijg ik je moeder aan de telefoon, die me meedeelt dat jij nu bij de buren aan het oppassen bent. Niks bijzonders aan de hand dus. Maar net als ik wil ophangen, vraagt ze me plotseling hoe het allemaal vanavond gegaan is met onze presentatie. Nou, ik hoop niet dat je het erg vindt dat ik in het begin nogal verbaasd heb gereageerd, want mijn broek zakte zo ongeveer af. Doen wij ineens samen een presentatie? Voor Engels? Jij weet meer dan ik. En heb jij de hele avond bij mij thuis geoefend? Tot kwart voor tien? Ben je nou helemaal gek geworden of zo?'

In korte bewoordingen legde Florien uit hoe de vork in de steel zat. Kim ontplofte bijna van woede.

'Je hebt me gebruikt,' zei ze hees van kwaadheid, 'wat vind ik dat een klotestreek van je. Een hele avond bij elkaar liegen vanwege die rottige Renko en dan nog mij erbij betrekken ook! Wat ken je hem nou eigenlijk?!'

'Stel je toch niet zo verschrikkelijk aan,' snauwde Florien,

'het is geen wereldramp, hoor, dat ik gezegd heb dat ik vanavond bij je was. De wereld stort er heus niet van in. Trouwens, die antieke ouders van mij vragen er gewoon om!'
Het werd ineens ijzig stil. 'Die antieke ouders van jou,' zei
Kim langzaam en het leek wel of haar stem ineens een octaaf
lager klonk, 'die menen het toevallig heel goed met jou. Ik
schaamde me rot tegenover je moeder. Ze maakte zich echt
zorgen over je Engels.'
'Ach kom,' schamperde Florien, 'ze zijn heel anders dan de
jouwe. Zij vergeten dat ik al bijna zestien ben. Het enige wat
voor hen telt is dat ik goede cijfers op school haal. Maar dat
ik een vriendje heb? Ach kom! Daar hoef ik bij hen niet
mee aan te komen. Ze zien me echt nog als het kleine meisje dat vroeger met barbies speelde.'
'Heb je het hun dan al verteld? Van Renko?'
Florien zweeg. Nee, waarom zou ze?
'En daarom lieg je tegen hen, omdat je het hun niet durft te
vertellen,' hield Kim vol. 'Omdat je eigenlijk al weet wat ze
dan tegen je gaan zeggen, als ze hem zien. Hetzelfde namelijk als ik: dat hij niet deugt.'
'Dat slaat helemaal nergens op, Kim,' zei Florien boos, 'ik
snap niet waarom je nog steeds zo lullig blijft doen over
Renko. Wat heb je toch tegen hem? Nou?'
Er verstreken een paar seconden voordat Kim met een zucht
antwoordde: 'Oké dan, als je het zo graag wilt weten, dan zal
ik het je vertellen. In het begin zag ik hem best wel zitten,
daar moet ik eerlijk in zijn. Hij is behoorlijk sexy om te zien,
dat kontje van hem is echt te gek! Nou ja, daar moet je niks
achter zoeken, hoor. In die tijd trok ik nog op met hem en
zijn vrienden en het viel me toen gewoon op wat voor stuk
hij was.'
'Geeft niet,' zei Florien nogal kortaf. Zie je wel, zie je wel,
hamerde het door haar heen, je had het al vermoed dat Kim
Renko best wel leuk vindt, en nu krijg je nog gelijk ook. 'Ga
door.' Die laatste twee woorden knalden eruit.

'Maar al gauw had ik het helemaal gezien met hen,' vervolgde Kim nietsvermoedend, 'ze hadden als ze uitgingen met zijn allen een beetje de mentaliteit van "zeg je nee tegen meneer, dan grijpt ie je nog een keer." Renko volgens mij ook. En daar houd ik nu eenmaal niet van, zo ben ik niet. Als ik niet wil, dan wil ik ook echt niet en dan moet ik ook niet door iemand gedwongen worden. Wat voor mij de deur dicht deed, waren al die rare verhalen die ik later over Renko hoorde. Toen begreep ik dat hij echt een klootzak was.'

'Welke verhalen?'

'Dat hij van school gestuurd is, omdat hij een meisje in elkaar geslagen heeft. Hij liep al een tijdje achter haar aan en toen ze weigerde iets met hem te hebben, werd hij agressief. En er was ook iets met drugs. Ik geloof dat datzelfde meisje ontdekt had dat hij probeerde te dealen en zo en het toen aan haar vader vertelde. En die zat weer in het schoolbestuur en zo kwam het balletje aan het rollen.'

Florien luisterde met stijgende verbazing. Ik geloof er niets van, dacht ze, zo is Renko niet. 'Van wie heb je deze roddel?'

'Van die ene vriend,' zei Kim ontwijkend, 'van Walter. Weet je wel, diegene met wie ik even verkering heb gehad. Die de hele tijd aan me zat te frunniken en kwaad werd, toen ik hem dumpte omdat hij zijn handen niet kon thuishouden. En nu genoeg gezeurd over die Renko. Ik heb er zwaar de pest in dat je verliefd op hem bent, dat moet ik eerlijk toegeven. Maar wat er ook gebeurt, Flo, je blijft mijn vriendin. Daar kan niemand tussen komen. Deal?'

Net op dat moment hoorde Florien de sleutel in het slot van de voordeur gaan en ze begreep dat de buren thuiskwamen.

'Deal,' zei ze haastig. 'Ik moet nu ophangen. Tot morgen.'

Het was donker in huis toen Florien binnenkwam. Alle lichten beneden waren uit, haar ouders waren blijkbaar al naar bed gegaan.

Ze sloop naar boven en wilde net haar kamer binnenglippen, toen ze haar moeder haar naam hoorde roepen.

Voorzichtig duwde ze de deur op een kier en stak haar hoofd naar binnen. 'Hoi,' fluisterde ze. 'Wat is er?' Haar vader draaide zich kreunend om en trok zijn dekbed verder omhoog tot over zijn oren.

Haar moeder knipte haar bedlampje aan en schoof overeind. 'Lekker gewerkt?' vroeg ze zacht.

Florien knikte gapend. Ja mama, het was heel lekker. Gelukkig hoefde ze nu alleen maar voor de helft te liegen.

'Kim heeft nog gebeld. Ik kan er niets aan doen, maar ik blijf het een apart meisje vinden, hoor Florien. Is het wel verstandig om juist met haar dat Engels te oefenen? Ze deed zo verschrikkelijk vaag, zo onnozel! Alsof ze nog niet eens tot tien kon tellen.'

'Mam, ik ben hartstikke moe, kunnen we het er niet een andere keer over hebben?'

Haar moeder knikte. 'Ach, je hebt eigenlijk wel gelijk, misschien ben ik gewoon een beetje overbezorgd. Ga maar lekker slapen, lieverd. Welterusten.' Ze knipte het lampje weer uit.

'Truste.' Met een licht schuldgevoel trok Florien de deur weer achter zich dicht.

16

Er braken vermoeiende dagen aan. Florien was in gedachten voortdurend met Renko bezig. Ze deed alles op de automatische piloot zoals opstaan, zich aankleden, eten en haar schooltas inpakken en dan fietste ze zo vlug mogelijk naar school, hopend dat Renko buiten nog even op haar zou wachten. Meestal stond hij inderdaad bij de fietsenstalling al naar haar uit te kijken en als hij dan naar haar glimlachte met dat kleine scheve lachje van hem, voelde ze zich weer helemaal duizelig van verliefdheid worden.

Op school zagen ze elkaar niet in de kleine pauze, hadden ze afgesproken, want die twintig minuten waren zo om en voordat je elkaar in die mensenmassa gevonden had, was je al minstens vijf minuten kwijt. Nee, in de kleine pauze trok Florien met Kim op. 'Ik krijg de kruimels van jouw gezelschap,' zei die wel eens spottend. Maar dan lachte Florien haar vierkant in haar gezicht uit en noemde haar een jaloers kreng.

Maar in de grote pauze kwam er een soort koorts over Florien heen. Dan was het ineens niet meer voldoende om met Kim door de school te wandelen en te kletsen en samen geile koeken te eten. Alleen Renko was nog belangrijk, Renko moest ze weer zien en wel zo vlug mogelijk, anders ging ze dood van verlangen. Weer zijn lippen op de hare voelen drukken en zijn tong heen en weer voelen bewegen in haar mond.

Florien wachtte altijd op Renko in de garderobe bij de wand met de lockers. Dat was hun vaste ontmoetingsplek. Zodra hij haar daar aangetroffen had, liepen ze hand in hand naar buiten, weg van de massa, en stonden op het parkeerterrein tussen twee auto's in dicht tegen elkaar aan in een innige omhelzing, met de armen om elkaar heen en de hoofden naar elkaar toegebogen.

Al gauw werden ze op school door iedereen de kleffe tortelduifjes genoemd. Niemand lette eigenlijk nog op hen, want ach, het nieuwtje was er snel af en er waren immers allang weer andere interessantere dingen gebeurd. Maar sommige leraren ergerden zich aan hun gedrag en raadden hun aan om met dat onsmakelijke vrijen in het openbaar op te houden. 'Doe dat maar in je eigen vrije tijd, jongeman,' had Dijkhuizen ernstig tegen Renko gezegd, toen hij zijn auto was uitgestapt en met zijn tas in zijn hand langs hen liep op weg naar het hoofdgebouw. 'Hier op deze school zijn we niet van dit soort dingen gediend.' Renko had achter zijn rug om zijn middelvinger naar hem opgestoken en Florien had daar onbedaarlijk om moeten lachen.

Na school zat Florien uren op haar kamer voor zich uit te dromen en tekende overal in haar schriften, haar agenda, op elk los blaadje dat ze maar tegenkwam, zwarte harige poppetjes die omringd waren met hartjes en letters R. Het lukte haar gewoon niet om zich op haar huiswerk te concentreren en wat veel erger was, alles wat met school te maken had interesseerde haar ook geen moer meer. Dat de eerste onvoldoendes al binnen begonnen te komen? Ach, wat boeide haar dat nou! Alleen Renko telde nog.
Telkens glipte ze tegen achten vlak voor het journaal met een smoes naar buiten en was ervan overtuigd dat niemand in de gaten had dat ze in het speeltuintje een afspraak met hem had. Ze merkte niet hoe haar ouders elkaar veelbetekenend aankeken en samen snel even oogcontact hadden, zodra Florien begon te mompelen dat ze 'even een brief ging posten' of 'hoognodig een luchtje moest scheppen, het was zo warm hier!' Pas na een uur kwam ze helemaal verwaaid en buiten adem van opwinding met rode wangen van de kou en het zoenen weer thuis.
Elke avond ging Renko een stapje verder met vrijen. Hij bouwde het heel geleidelijk op. Zijn vingers onderzochten langzaam en voorzichtig elk stukje van haar huid, zodat Flo-

rien rustig aan iedere nieuwe aanraking kon wennen en hij telkens verder en verder mocht gaan. Ze protesteerde allang niet meer. Het was allemaal zo verwarrend en spannend wat hij bij haar deed en tegelijkertijd ook zo teder en liefkozend, dat ze zich volledig overgaf aan zijn strelende handen.

Soms liepen er mensen langs het speeltuintje, die argwanend in hun richting staarden en dan stopte Renko abrupt met vrijen. Gegeneerd sloeg Florien dan vlug haar jack dicht over haar losgewoelde kleren en hoopte dat ze haar in het donker niet zo gauw zouden herkennen.

Toen ze Renko precies twee weken kende, vond Florien vrijdag 's middags na het laatste uur voor de eerste keer een briefje in haar locker. 'JE HOEFT HEUS NIET TE DENKEN DAT HIJ JE LANG TROUW ZAL BLIJVEN, STOMME TRUT,' stond er in grove blokletters op geschreven, 'ZODRA HIJ UITGAAT, IS HIJ JE VER-GETEN.' Het briefje was niet ondertekend. Gedachteloos stopte ze het in haar rugtas en vergat al snel dat ze het gekregen had. Dat kwam voornamelijk omdat ze telkens aan Renko's laatste opmerking moest denken, vlak voor het einde van de tweede pauze: 'Je gaat toch wel mee stappen, hè? Leer je tegelijk ook eens mijn vrienden kennen.'

'Uitgaan?' aarzelde haar moeder met een bedenkelijk gezicht. 'Vanavond? Een week eerder dan afgesproken?'

'We gaan met een hele groep, mam,' zei Florien haastig. 'Het wordt hartstikke gaaf. Nou niet zo flauw doen en gewoon ja zeggen. Ze komen me om negen uur ophalen, Renko en eh... de anderen.'

'En Kim gaat ook mee?' Langzaam schudde Florien haar hoofd. 'Niet dat ik weet. Misschien zie ik haar nog wel in De Vier Wezen, maar ik heb dit keer niet speciaal met haar afgesproken.'

Schoorvoetend stemden haar ouders toe. 'Renko,' herhaalde

haar vader peinzend, 'aparte naam. Wie is dat? Iemand uit je klas?'

'Een nieuwe jongen bij ons op school. Ik ken hem nog niet zo lang. Hij zit ook in de vierde.' O, hoe kon ze nou toch zo stom zijn om ineens te gaan blozen? Ze vluchtte met een hoofd als een boei de kamer uit, terwijl Martijn luidruchtig 'Renko... Renko...' kreunde en op de rug van zijn hand smakkende zoengeluiden maakte. 'O, dié jongen,' hoorde ze haar vader nog net op veelbetekenende toon zeggen.

Rond negenen voelde Florien hoe ze steeds zenuwachtiger begon te worden. Moest ze Renko nou aan haar ouders voorstellen of kon ze meteen wegglippen? En hoe zouden zijn vrienden haar vinden? Had hij hun al verteld dat ze bestond? Ze was vooral benieuwd naar de jongen met wie Kim even was gegaan. Misschien kon hij haar meer vertellen over dat ene meisje dat zo'n belangrijke rol in Renko's leven gespeeld had.

Toen uiteindelijk om half tien de voordeurbel ging, verstrakte ze onwillekeurig. Nu ging het gebeuren.

'Mam, doe jij maar open,' zei ze nerveus.

Renko kwam even later binnen, gevolgd door twee jongens die ze nog nooit eerder had gezien. Hij glimlachte vaag naar haar. Ze bleven met zijn drieën midden op het hoogpolige witte kleed stilstaan en zeiden niets.

Er hing even een ongemakkelijke stilte. Zwarte leren jassen, registreerde ze in gedachten, halfhoge laarzen, spijkerbroeken met rafels. Ze droegen duidelijk andere kleren dan mama en papa gewend waren.

Een van de jongens staarde naar Martijn, die zijn hoofd afgewend hield en zwijgend met een pook in het vuur van de open haard porde.

Haar vader liep met uitgestoken hand op het groepje af. 'Wie van jullie is nou Renko?' Florien zag in een waas van bloedrode verlegenheid hoe Renko hem de hand schudde en hoorde hem de namen van de andere twee jongens noemen. Cor en Arjan, ving ze op. Ja meneer, ze gingen met een heel stel uit. In Noordwijk zouden er nog meer bijkomen. Natuurlijk zullen we goed voor Florien zorgen en haar op tijd weer thuisbrengen. Een korte grinnik van de andere twee.

De drie jongens maakten duidelijk geen aanstalten om weg te gaan. Ze hielden hun handen in hun zakken en wachtten. Wachtten waarop? Op haar? Moest zij het sein geven om te vertrekken?

'Mooi huis heb u, mevrouw.' Wie zei dat? Ze sidderde inwendig. 'Heb' deed pijn aan mama's oren, dat wist ze zeker. Maar Renko gebruikte dat woord niet. Nee, Renko toch niet, hè? Alleen zijn moeder.

'Willen jullie wat drinken?' Papa's stem.

'Nee dank u, meneer. Aardig van u, maar we moeten zo gaan, hè Florien?' Renko weer. Een vraagblik in zijn ogen: ben je zover?

Verbaasd knikte ze. Al minstens een eeuw stond ze klaar, dat wist hij toch wel, ze wachtte al vanaf negen uur op hem. Ze voegde zich bij het groepje en wilde net met hen de kamer uitlopen, toen papa's stem haar bij de deur tegenhield. 'Florien, hoe gaan jullie precies naar Noordwijk?'

De drie jongens draaiden zich tegelijk om naar haar vader. 'Met de scooter,' antwoordde Renko in haar plaats. Klonk zijn stem een beetje uitdagend?

'En Florien dan?'

'Die gaat bij mij achterop.' Ja ja ja, net als de vorige keer, met mijn armen weer om je heen en mijn hoofd tegen je rug aangeleund. Gaaf was dat!

'Heeft ze dan een helm op?'

'De mijne.'

'En jij?'

'Geen. Ik doe niet aan een tweede helm. Mij te duur.'

'Geen sprake van, ik vind het onverantwoord als je zonder

helm gaat rijden. Als er iets met je gebeurt, voel ik me persoonlijk verantwoordelijk en bovendien ben je sowieso strafbaar,' zei haar vader beslist, 'ik stel voor dat ik jullie in ieder geval met de auto heen zal brengen. Dan kunnen jullie terug met de discobus.'

Renko keek naar Florien. Er tintelde een klein spottend lachje in zijn ogen. Braafje, schoot het door haar heen. Dat denkt hij. Zo vader, zo dochter.

Cor en Arjan wisselden even een blik van verstandhouding met elkaar. 'Nou, we gaan maar alvast,' zei Cor tegen Renko, 'de mazzel. We zien je straks wel in De Vier Wezen.' Renko knikte. Ze verdwenen naar buiten en even later hoorde Florien ze hun scooter starten en wegrijden.

'Florien?' drong Renko aan. Liet hij de keus aan haar over? Ze durfde Renko niet aan te kijken toen ze haar vader aarzelend voorstelde dat zij zou gaan fietsen en Renko op zijn scooter naast haar? Ja, papa? Alles was in ieder geval beter dan met de discobus terug. Tot haar opluchting ging haar vader ermee akkoord.

17

'Je denkt toch niet dat ik van plan ben dat hele eind als een oud koffiezetapparaat naast je te blijven doorpruttelen,' merkte Renko na twee straten verontwaardigd op tegen Florien, 'alleen maar omdat je vader dat wil. Die ouwe van jou kan de schijt krijgen, ik heb mijn scooter niet voor niks opgevoerd. Stop hier maar, ijskoningin. We gaan gewoon op mijn scooter verder. Heb je je kettingslot bij je?' Dat had ze. Zorgvuldig bond hij haar fiets vast aan een lantaarnpaal, trok zijn helm van zijn hoofd en zette hem op het hare. Toen drukte hij zijn neus tegen het plexiglas, keek haar scheel aan en fluisterde: 'Ik zal heel voorzichtig rijden, mevrouw Braafmans, dat beloof ik u. Het zou namelijk jammer zijn als er iets met u zou gebeuren. Want dan voel ik me persoonlijk verantwoordelijk.'

Florien kon er niet om lachen. Het was flauw van hem dat hij papa probeerde belachelijk te maken. Maar daarnaast moest ze plotseling om de een of andere onverklaarbare reden ook aan de woorden van Kim denken. Hij had een meisje in elkaar geslagen, had ze gezegd. Zou Renko daar echt toe in staat zijn geweest? Weer vroeg ze zich af wie nou de eigenlijke Renko was. Het was net of hij twee gezichten had.

Cor en Arjan en nog vier andere jongens die ze niet kende wuifden naar hen, toen Florien en Renko De Vier Wezen binnenkwamen. Ze stonden bij de bar, hieven hun lege glas omhoog en brulden: 'Rondje van ons. Jullie ook?' Renko knikte en baande zich een weg door de massa heen. Florien volgde hem. Niemand nam de moeite om haar aan de andere vier jongens voor te stellen.

'Proost,' zei Cor, terwijl hij hun twee bierglazen toeschoof. 'Op jullie prille geluk.'

Florien wilde net haar eerste slok nemen, toen iemand haar

van achteren opzij duwde en Renko bij zijn schouder beet pakte. 'Hé ouwe rukker! Hoe is 't er mee?'

Ze verloor even haar evenwicht en het bier gutste uit haar glas over haar heen. 'Kijk eens uit, idioot!' viel ze uit. Renko draaide zich om en begon, zodra hij de jongen zag, enthousiast op zijn rug te timmeren.

'Hé Walter!'

'Hé Renko! Cor, Arjan!'

Florien stond er een beetje verloren bij te kijken hoe de jongens elkaar uitbundig begroetten, tot Renko zijn arm om haar heen sloeg, haar naar voren duwde en trots tegen de onbekende jongen zei: 'Walter, dit is nou Florien van Slooten, met twee o's.'

Walter reageerde nogal vreemd. Hij gaf Florien geen hand en zei geen hallo, maar staarde haar onbewogen aan. Zijn koele onderzoekende blik maakte Florien zenuwachtig. Hij leek haar op het eerste gezicht niet aardig. Zijn haren waren in korte stekels geknipt waarvan hij de uiteinden had laten blonderen, zodat ze scherp afstaken tegen de rest van zijn haar. Hij had een baard van een paar dagen en in zijn linker oor droeg hij een oorringetje. Eigenlijk had hij een rotkop, vond ze.

'Die Kim, hè, zei je niet dat die haar beste vriendin is?' vroeg hij ten slotte aan Renko. Zie je wel, in zijn ogen telde ze niet mee. Voor hem was ze gewoon een verlengstuk van Kim.

'Ja.'

'Is zij er ook?' Nu verwaardigde hij het zich voor het eerst om het woord tot Florien te richten. Wat een eer! Ze haalde kort haar schouders op. 'Geen idee. Ik heb haar nog niet gezien, we zijn er net.'

'Ik heb even iets met haar gehad.' Was het de bedoeling dat ze hierop moest reageren, applaudisseren of zo, of was het gewoon een korte mededeling? Wat een eikel, dacht ze. Kim heeft groot gelijk dat ze hem gedumpt heeft. Ze klemde haar kaken op elkaar en zweeg. Renko kneep even in haar nek. 'Walter is mijn oudste vriend,' verduidelijkte hij. 'Ik ken hem al vanaf de kleuterschool.'

'O.' Ze wendde haar hoofd af. Interessante informatie.

'Ik vond het trouwens wel een lekker wijf,' ging Walter onverstoorbaar door, 'ze had lekkere dikke tieten. En hitsig dat ze was! Komt ze nog, denk je?'

'Ik hoop het niet voor je,' snauwde Florien, 'want bij haar maak je geen enkele kans, ze moet je niet meer. Seksist die je bent.'

Bruusk draaide ze hem haar rug toe en wilde weglopen toen Renko haar bij de arm greep. 'Ho ho ho.'

Ze probeerde zich los te schudden, maar hij hield haar stevig vast. 'Effe dimmen, wil je? Je hebt het nog niet goed begrepen, geloof ik.'

Iets in zijn stem raakte haar, zodat ze hem vol en afwachtend aankeek. 'Walter is mijn oudste vriend,' herhaalde hij langzaam, 'ik ken hem al vanaf de kleuterschool. En dat is heel, heel lang.'

De avond werd eigenlijk geen succes. Het ergerde Florien dat Renko en Walter ineens onafscheidelijk bleken te zijn en soms bijna vergaten dat zij bestond. Ze praatten continu alleen met elkaar en zij hing er zo'n beetje bij, want hun gesprekken over scooters en dergelijke interesseerden haar niet bijzonder. Cor en Arjan en de anderen waren voortdurend op jacht. Alleen Walter week geen moment van Renko's zijde en al gauw ontdekte Florien waarom: er zwermden telkens hordes onbekende meisjes op Renko af, die hem enthousiast omhelsden en zich aanstelden alsof ze hem jaren niet gezien hadden. Sommigen zoenden hem zelfs op zijn mond! Zodra ze Renko begroet hadden, was vervolgens Walter aan de beurt, die het zich allemaal met een scheve grijns liet welgevallen en hen net zolang stevig tegen zich aangedrukt hield, tot ze zich lacherig uit zijn omarming losmaakten en zeiden: 'Wat ben je toch oversekst Walter, je kunt je ook nooit beheersen, hè?' Florien kreeg van hen slechts een kort knikje, gevolgd door een taxerende blik en een vage glimlach en dan verdwenen ze weer even vlug als ze gekomen waren.

Het leek wel of Florien opeens een andere kant van Renko zag, die ze tot dusver niet opgemerkt had. In de eerste plaats reageerde hij duidelijk op de aandacht van al die meisjes. Erger nog: ze begon steeds meer te vermoeden dat hij er zelfs van genoot. Maar daarnaast dronk hij veel. Het ene biertje na het andere sloeg hij in een teug achterover en zijn gezicht werd steeds roder. Walter daarentegen dronk een stuk minder en zorgde er telkens voor dat Renko een nieuw biertje in zijn handen geduwd kreeg als het vorige leeg was. Florien verveelde zich. Ze had zich er enorm op verheugd om naast Renko door De Vier Wezen te paraderen, zodat iedereen goed kon zien dat zij bij elkaar hoorden. Nu moest ze toekijken hoe hij zich langzaam aan het bedrinken was. Nee, de avond verliep heel anders dan ze had gehoopt. En Kim zag ze ook nergens, die had natuurlijk allang gezien dat die Walter bij hen stond en hield zich nu mooi gedrukt.

Om één uur lalde Renko dat hij het warm had en naar buiten wilde om af te koelen. 'Ga je mee, ijskoningin?' Zijn vraag klonk als een bevel. Hij sloeg zijn arm onhandig om haar heen en zocht naar haar mond. Ze voelde een natte zoen ergens in de buurt van haar neus terecht komen en veegde met de rug van haar hand haar gezicht droog. Bah, zijn adem rook verschrikkelijk naar bier en sigaretten.

'Ik heb zin in een strandwandeling,' ging Renko door, 'alleen met jou.' Hij gaf Walter een kleine duw. 'En jij mag niet mee. Ik ga lekker met haar liggen vunzen.' Hij zei het zo hard en duidelijk dat een paar mensen zich naar hen omdraaiden en Florien veelbetekenend aanstaarden.

Florien werd helemaal verlegen onder hun blikken.

'Maar eerst ga ik effe mijn kraan laten lopen, mijn pa zegt

altijd: 'Met bier in je blaas krijgt je hem niet de baas,' vervolgde Renko, 'en ik moet toch zeiken van dat bier! Dat wil je niet weten.' Hij liep wankelend in de richting van de toiletten.

Walter stootte een kort geamuseerd lachje uit. 'Let maar niet op hem, zo doet hij wel vaker als hij dronken is,' merkte hij op tegen Florien, 'daarom kun je beter hier binnen blijven. Anders zakt hij straks buiten door de kou in mekaar en dan krijg je hem niet meer van het strand af. En als de politie hem daar zo vindt, krijgt hij nog een bekeuring ook. Wegens openbare dronkenschap. Hij is bekend bij hen, ze hadden hem de vorige keer al gewaarschuwd.'

Ongerust vroeg Florien zich af hoe ze nu thuis moest komen. Renko was te dronken om nog op zijn scooter te kunnen rijden.

Het was net of Walter haar gedachten kon lezen, want ineens zei hij: 'Waarom neem je niet de discobus terug? Of misschien kun je met iemand anders mee? Met Renko wordt het niks meer, hij heeft veel te veel gezopen. Ik breng hem straks wel achterop mijn scooter naar huis.'

'En zijn scooter dan?'

'Die laten we hier staan. Die halen we morgen wel weer op.'

Florien keek Walter twijfelend aan. Hij glimlachte even naar haar, waardoor hij er ineens een stuk aardiger uitzag.

'Trek het je niet aan, meid,' zei hij, 'er is verder niks aan de hand.'

De discobus wilde net gaan wegrijden toen Florien aan kwam hollen. 'Stop!' riep ze en zwaaide met haar armen om de aandacht van de chauffeur te trekken. 'Ik wil ook mee.' De bus minderde vaart, remde en de deuren zoefden uitnodigend voor haar open.

Florien herademde. Ze was gelukkig op tijd! Ergens in een verborgen plekje van haar hart had ze nog gehoopt dat Renko in dat ene half uur snel wat nuchterder zou worden zodat hij haar alsnog thuis kon brengen, maar om tien voor half twee had Walter haar dringend aangeraden om nu echt maar weg te gaan, anders zou ze de discobus van vijf over half twee missen. Dat was de laatste bus die nog reed, hij vertrok altijd vlak na sluitingstijd en zat meestal afgeladen vol.

'Ik let er wel op dat hem niets overkomt,' had Walter gezegd, 'zorg jij nu maar dat je veilig thuiskomt.'

Toen had het haar nog bijna tien minuten gekost voor ze haar jack in de garderobe in die puinzooi van jassen terug had kunnen vinden. Ze had zich de longen uit haar lijf gerend en vurig gehoopt dat de discobus dit keer vertraging zou hebben en zowaar, haar wens was verhoord!

Hijgend stapte ze in. 'Mag ik je kaartje even zien?' vroeg de chauffeur van de discobus. Hij wierp een blik in zijn achteruitkijkspiegeltje en zette de muziek wat zachter. 'Doorlopen,' snauwde hij door de microfoon tegen een stelletje dat midden op het gangpad met elkaar stond te vrijen. 'Het gangpad vrijhouden, mensen, schuif maar door naar achteren. Er komen er straks nog meer bij. En doe dat bierflesje weg, er wordt hier niet meer gedronken. Zo te zien heb je al genoeg op.'

Florien zocht naar haar portemonnee en haalde haar strippenkaart tevoorschijn, maar hij schudde zijn hoofd. 'Nee, die hoef ik niet, dat weet je donders goed,' zei hij ongeduldig. 'Je kaartje van de heenreis.'

'Die heb ik niet.'

'Dan kost het je vier euro vijftig,' bromde hij. 'Jullie proberen het ook altijd, hè?'

'Vier euro vijftig?' herhaalde Florien verbluft, 'zo duur?'

De buschauffeur grijnsde. 'Dit is een speciale bus, dametje, en daar heb je nu eenmaal een speciaal kaartje voor nodig met een speciale prijs. Je kunt ook gaan lopen, als je dat liever wilt. Stukken goedkoper.'

'Hé meid, schiet es effe op,' zei een jongen die vlak naast de open deur zat. Hij had alleen een T-shirt aan en rilde, zijn armen zagen blauw van de kou. 'Het tocht hier als de ziekte. Ik krijg er mierentietjes van.'

Zwijgend trok Florien een briefje van vijf uit haar portemonnee en legde het voor de chauffeur neer. 'Hou de rest maar,' zei ze met haar meest hooghartige stem en schreed koninklijk naar achteren. Ze voelde zich verschrikkelijk verraden en afgezet. En dat lag niet alleen aan dat rottige kaartje.

18

'Je zou me enorm helpen,' zei Mariette zaterdagmiddag door de telefoon, 'we moeten een heleboel boodschappen doen, Bart en ik, en Bram is niet zo lekker. We kunnen hem echt niet meenemen. Als ik je beloof dat we niet te lang wegblijven?'

Met tegenzin stemde Florien toe. Ach, waarom ook niet? Ze had toch niks beters te doen, bedacht ze grimmig, hij belde haar heus niet. Waarschijnlijk lag hij nu nog zijn roes uit te slapen.

Toen ze een half uur later op de stoep stond en wilde aanbellen, trok Bram met een ruk de voordeur open. Zijn ogen stonden waterig. 'Flien,' zei hij met een hese stem, 'ik ben ziek.' Er kwam een verscheurende hoest uit zijn lijfje en zijn gezicht liep helemaal rood aan. Toen hij weer een beetje op adem gekomen was, voegde hij er zwakjes aan toe: 'En nu mag ik niet naar buiten van mama.'

Florien hurkte bij hem neer. 'En dat wil jij zeker wel?' polste ze. Hij knikte heftig. 'Ik moet bochtjes oefenen. Voor het circus. Als ik straks op de baassusschool zit, leer ik nog meer kunstjes, zegt papa.'

Florien moest ondanks haar rothumeur even grinniken. Typisch de humor van Bart, die had het niet zo erg begrepen op onderwijzers.

'Denk ik ook wel,' zei ze spottend, 'dat heeft jouw papa goed gezien.'

Bart stak grijnzend zijn hoofd om de deur van de zitkamer. 'Hallo Florien, zit mijn zoon weer stoere verhalen over zijn toekomst op te hangen?' Hij tilde Bram in één greep op en slingerde hem over zijn schouder. 'Hup kleine man, bij de voordeur vandaan. Je staat op de tocht en dat lijkt me niet zo verstandig met je verhoging.'

Terwijl Bart en Mariette in de gang hun jassen aantrokken, gaven ze Florien de raad om, als ze vond dat het nodig was,

Bram gerust een uurtje in bed te stoppen. 'Hij heeft vannacht behoorlijk liggen spoken,' legde Mariette uit, 'en hij is erg hangerig. Zie maar wat je doet.'

'Oo, ik ben geen spook,' piepte Bram verontwaardigd. Zijn vader haalde zijn zakdoek tevoorschijn en bukte zich om zijn neus te snuiten. 'Je bent mijn kleine circusclown,' zei hij sussend, 'zul je lief zijn voor je vriendinnetje?' Hij knikte weer en schoof zijn hand in die van Florien. Ze schrok even toen ze voelde hoe warm hij was.

Toen de video van Bambi bijna afgelopen was en ze voor de derde keer aan Bram moest uitleggen dat die mama van Bambi niet echt dood was gegaan, nee hoor Bram, ze deed maar alsof voor de film, ging de voordeurbel. 'Mama!' riep Bram blij en hij veerde overeind van de bank en wilde de gang in rennen om open te doen, maar Florien hield hem nog net op tijd tegen. 'Sukkeltje, dat zijn mama en papa niet, want die hebben toch een sleutel? Laat mij maar gaan.'

Ze voelde even een steek in haar buik toen ze zag wie er op de stoep stond. Renko.

'Hoi,' zei hij, terwijl hij met een nonchalant gebaar zijn haar naar achteren streek. 'Dat geldbeluste broertje van jou zei dat je hier was.'

Hij zag er fris gewassen en uitgerust uit. En weer adembenemend aantrekkelijk. Florien aarzelde.

Verwachtte hij dat ze hem binnen zou laten?

'Flien!' commandeerde Bram vanuit de kamer. 'De film is afgelopen, hoor! Nu wil ik naar iets anders kijken! Dat met die heks.'

'Hij is toch dat jongetje van dat driewielertje?' vroeg Renko.

'Ja. Ik moet op hem passen. Hij is ziek.' Ze zweeg.

Eigenlijk moest ze nu boos op hem zijn, in zijn gezicht schreeuwen dat hij haar gisteren had laten barsten, dat hij een klootzak was en kon opdonderen wat haar betrof. Waarom kon ze dat nou niet?

Renko stapte de gang in, duwde de voordeur met zijn schoen dicht en nam haar in zijn armen.

'Hoi,' fluisterde hij in haar oor, 'waarom vraag je me niet binnen, kleine ijskoningin?'

Zijn wang tegen de hare. Zijn vochtige koude lippen die naar haar mond zochten en er even langs streken. Heel even maar, een vluchtige aanraking, toen liet Renko haar weer los, want Bram kwam de gang ingelopen en keek hen met grote ogen aan. 'Wat doe jij daar nou, Flien?'

Zijn gezicht lichtte op toen hij Renko herkende. 'Heb jij je helm bij je?' informeerde hij verheugd. 'Mag ik hem weer op?'

Renko spreidde zijn armen hulpeloos uit. 'Pech. Hij ligt thuis. Ik ben op de fiets.'

Met zijn drieën dicht tegen elkaar op de bank keken ze naar Sneeuwwitje. Florien zat in het midden, met een arm om Bram heen, die tegen haar aangeleund hing en met zijn duim in zijn mond steeds meer begon te knikkebollen. Zijn lijfje gloeide helemaal. Hij heeft nu echt koorts, dacht ze. Bram gaapte. 'Het is geen enge film, hoor, je hoeft niet bang te zijn,' mompelde hij slaperig, 'de heks valt straks gewoon van de berg en dan is ze een beetje dood en dan komt Bambi weer, hè?'

'Dat jong loopt te ijlen, hij haalt alles door elkaar en hij hoest net zo erg als mijn ma, maar ja, die rookt minstens twee pakjes per dag,' zei Renko, 'waarom breng je hem niet gewoon naar bed?' Zonder op haar antwoord te wachten sprong hij overeind en tilde Bram omhoog. 'Als jij nu braaf effe gaat slapen, ventje, beloof ik je dat je de volgende keer weer mijn helm op mag. Deal?' Bram was zo overdonderd dat hij zich zonder protesten naar boven liet dragen. Aarzelend volgde Florien hen. Ze keek toe hoe Renko Bram in zijn bed legde, hem onderstopte en even liefkozend over zijn bolletje aaide. Verwonderd zag ze hoe Bram het zich allemaal liet welgevallen en zijn ogen vanzelf dichtvielen. Toen ze ervan overtuigd waren dat hij sliep, slopen ze op hun tenen de kamer uit.

Renko plofte neer op het bed van Mariette en Bart en vouwde zijn armen onder zijn hoofd. Met zijn achterwerk zette hij zich een paar keer af, zodat de matras op en neer begon te deinen. 'Lekker bed,' zei hij, 'kom eens naast me liggen.'

Niet op haar gemak bleef Florien in de deuropening staan. 'Dat kan je niet maken,' zei ze zacht, 'het is hun slaapkamer.'

'Wat kan je niet maken?' herhaalde Renko spottend. 'Kinderen maken of zo? Dat was ik ook niet van plan, hoor. Ik ben niet gek! Een slimme jongen maakt geen jongen.' Hij rolde zich op zijn zij, haalde uit zijn linker broekzak zijn portemonnee tevoorschijn en viste er een verpakt condoom uit, dat hij naast zich op het nachtkastje legde.

Florien verstrakte. 'Nee,' stamelde ze, 'nee, dat wil ik niet.' Ze wilde zich omdraaien en naar beneden lopen, maar Renko sprong overeind en hield haar bij de deur tegen. Hij pakte haar bij haar kin beet en keek haar diep in de ogen. 'Jij en ik,' fluisterde hij, 'wij horen bij elkaar. Dat weet je toch? Het is nu al twee weken aan tussen ons en je weet toch hoe gek ik op je ben? Elke avond sta ik in dat verdomde speeltuintje op je te wachten.'

Ze sloeg haar ogen neer. Haar hart hamerde als een idioot. Ze wist niet goed wat ze nu moest zeggen. Gisteren was vergeten. Haar hoofd was helemaal leeg, alleen nog zijn stem en zijn woorden drongen tot haar door.

Hij begon haar overal te zoenen. Op haar neus, haar lippen, haar kin en voorhoofd. 'We moeten altijd buiten vrijen. In de kou. Ik wil nu wel eens wat meer. Ik wil je dicht tegen me aanvoelen, lekker warm tegen mijn huid. Je bent zo zacht en zo mooi, lieve kleine ijskoningin. Ik heb gewoon verschrikkelijk zin in je. Toe, alsjeblieft.'

Ze smolt. Ze protesteerde niet eens toen hij haar langzaam terug de slaapkamer in trok en haar ondertussen al zoenend voorzichtig begon uit te kleden. Eerst haar trui over haar hoofd, toen de knoopjes van haar blouse een voor een los, de rits van haar spijkerbroek naar beneden. Het verbaasde haar van haarzelf dat ze het zich allemaal gewoon liet gebeuren. En het nog plezierig en spannend vond ook. Aarzelend en verlegen sloeg ze haar armen om hem heen.

19

'We vinden het niet zo leuk van je, Florien,' zei Mariette op verwijtende toon, terwijl Bart bezig was om Bram te kalmeren, die met rode wangen van de koorts in zijn bed aan het brullen was. Florien had hen niet thuis horen komen. Ze had zelfs niets meer gehoord. Het was net of ze al vrijend ineens doof was geworden voor alle andere geluiden in haar omgeving behalve Renko's snellere ademhaling en zijn lieve woordjes in haar oor.

'Het valt ons eigenlijk een beetje tegen van je. Dat je een jongen hier laat komen zonder dat wij het weten, nou, daar willen we niet moeilijk over doen,' ging Mariette door, 'maar dat je in onze slaapkamer op ons bed halfnaakt ligt te vrijen... nee, dat hadden we niet van je verwacht.'

Een jongen, noemde ze hem, niet eens haar vriend. Alsof zij hier zomaar met een doodgewone willekeurige jongen zou liggen te...

Beschaamd trok Florien haar spijkerbroek weer omhoog en ritste hem daarna dicht. Op heterdaad betrapt, verschrikkelijk gewoon. En dan ook nog Bram die het hele huis bij elkaar aan het krijsen was van de oorpijn precies op het tijdstip dat ze thuiskwamen. Ze had naar hem toe willen gaan, maar Renko hield haar tegen. 'Laat hem toch even huilen,' had hij in haar hals gemurmeld, 'wordt ie een grote knul van. Hè verdomme, ik krijg mijn broek niet goed los.' Zijn hand die van haar borst verdween en vlak daarna het geluid van een rits die opengetrokken werd...

Nooit meer zou ze het moment vergeten waarop de deur van de slaapkamer even later openging en Mariette en Bart in de deuropening stonden en hen alleen maar aanstaarden. Er viel even een geschokte stilte. Barts enige woorden waren: 'Kleed je aan, Florien.' Toen draaide hij zich om en ging naar Bram. Renko was lucht voor hem.

Ze voelde zich behoorlijk opgelaten. Het viel haar op dat

ook Mariette net deed alsof Renko niet bestond, ze weigerde zelfs ook maar een blik in zijn richting te werpen. Haar
afkeer van hem droop gewoon van haar gezicht af. Had
Renko het in de gaten? Ik hoop het niet, dacht ze terneer-
geslagen, terwijl ze haar blouse weer in haar spijkerboek
probeerde te proppen.
'Nou, de mazzel,' zei Renko kortaf tegen haar, 'ik zie je
maandag wel weer op school.' Zonder nog iets te zeggen
denderde hij de trap af en trok de voordeur met een klap
achter zich dicht. Hij had het dus ook gemerkt.

Hoofdschuddend keek Mariette Florien aan. 'Meisje meisje,
waar ben jij mee bezig?' vroeg ze zacht. 'Kijk jij wel goed
uit?'
'Er is niets gebeurd,' zei Florien kleintjes. 'Echt niet. We heb-
ben alleen maar een beetje liggen vrijen. Meer niet.'
'En dat dan?' Beschuldigend wees Mariette op het verpakte
condoom dat nog onaangebroken op het nachtkastje lag.
'We zijn duidelijk te vroeg thuisgekomen?'
Florien voelde hoe ze begon te blozen.
'Zeg het alsjeblieft niet tegen mama en papa,' stamelde ze.
Mariette aarzelde een seconde, toen zei ze met een zucht:
'Goed dan. Het blijft tussen ons, dat beloof ik je. Maar voorlopig hoef je niet meer bij ons op te passen. Ik moet van je
op aan kunnen en op deze manier heb ik geen vertrouwen
in je. Dit soort oneerlijkheden vind ik gewoon niet accepta-
bel.'
De rest van het weekend liet Renko niets van zich horen,
terwijl Florien angstvallig over de telefoon waakte. Misschien dat hij kon bellen... Hang nou eens op, Martijn, ik
verwacht een telefoontje. Een paar keer vroeg haar moeder
aan Florien of er iets was, waarom was ze zo stil? Maar dan
haalde Florien haar schouders op en snauwde dat ze met
rust gelaten wilde worden. Dat gezeur aan haar kop de hele
tijd! Ze was moe, dat was alles. Meer niet.

'Nou nou,' vond haar vader terwijl hij zijn krant liet zakken, 'het uitgaan vrijdag heeft je bepaald geen goed gedaan, je bent duidelijk oververmoeid geraakt. Viel het soms tegen met die Renko en zijn vrienden? Verbaast me trouwens niets.'

'Hoezo? Wat bedoel je met deze opmerking?'

'Niets,' stelde haar vader haar haastig gerust, 'alleen maar dat zulk soort jongens...' Hij maakte zijn zin niet af en pakte zuchtend zijn krant weer op. 'Ach nou ja, laat ook maar zitten.'

'Die Renko hè,' begon haar moeder, 'in welke klas zit hij eigenlijk?'

'Vier Mavo,' zei Florien met tegenzin, 'hij doet dit jaar eindexamen.'

'Hij lijkt mij ouder dan jij. Is hij dan een keer blijven zitten?' Lusteloos haalde Florien haar schouders op. 'Vraag het hem zelf,' zei ze, 'mij boeit het niet.'

Toen maakte haar moeder de meest stomme opmerking die ze ooit had kunnen maken: 'Wat doet zijn vader eigenlijk? Ben je al een keer bij hen thuis geweest?'

Er knapte iets van binnen bij haar. 'Mam!' schreeuwde ze en ze voelde hoe al haar opgekropte woede en schaamte ineens naar boven kwamen. 'Je bent een nog ergere burgertrut dan ik al dacht. Zijn vader is putjesschepper en zijn moeder tippelt. En hij deugt ook al niet, hij leeft op straat en eet uit vuilnisbakken. Nou goed?' Verblind van tranen stormde ze de kamer uit, haar ouders verbaasd achterlatend.

Zondagmorgen lag er een envelop op de voordeurmat. 'VOOR FLORIEN VAN SLOTEN' stond er weer in diezelfde grove blokletters op geschreven. Met trillende vingers ritste Florien de envelop open en haalde er een lichtgeparfumeerd velletje met roze schaduwhartjes uit. Duidelijk afkomstig van een meisje.

'JAMMER DAT JE ER GISTEREN IN DE VIER WEZEN NIET

was,' las ze met stijgende verbazing, 'RENKO WAS ER WEL. HIJ HEEFT ZICH GOED GEAMUSEERD, IK HEB HEM ZIEN ZOENEN MET EEN ANDER MEISJE. VEEL MOOIER DAN JIJ, MAAR DAT IS NIET ZO MOEILIJK. TROOST JE, HIJ ZAL JE VAST WEL GEMIST HEBBEN, TOEN HIJ DAARNA NOG NAAR HET STRAND GING.'

Florien beet op haar lip. De brief was weer niet ondertekend.

Wie was dat meisje? Wie schreef haar zo'n gemene valse brief om haar te stangen, nee, eerder om haar jaloers en wantrouwend te maken? In ieder geval iemand die haar vaag kende, want ze wist niet precies hoe ze haar naam moest schrijven. Maar die ook het nummer van haar locker kende en haar telefoonnummer en wist waar ze woonde! Wat een rotmeid!

Met een gevoel van machteloze woede wilde Florien het briefje verfrommelen, maar toen bedacht ze zich en streek het zorgvuldig weer glad. Ik bel straks Kim op, nam ze zich voor, en dan hoor ik vanzelf wel van haar wie er nog meer gisteren uit zijn geweest.

Maar Kim kon haar niet helpen. Ze had niemand gesproken en was al die tijd met Maarten geweest. Die was op haar afgekomen en ze hadden het uitgepraat met elkaar, het was allemaal een misverstand geweest, want hij vond haar toch ook wel leuk en toen... nou ja, je hoeft toch geen details te horen, Florien? Ze waren in ieder geval nog naar het strand geweest en daar waren ze inderdaad Renko tegengekomen. Met die rottige Walter. Die alleen maar naar haar borsten had lopen staren, de vieze seksist. Maarten had er wat van gezegd en het had toen niet veel gescheeld of ze waren met elkaar gaan vechten.

Kim grinnikte. 'Ik heb hem zelfs moeten meesleuren, zo kwaad was hij. Nu noem ik hem mijn ridder, hij heeft mijn eer verdedigd, zeg ik om hem te pesten. Maar hij weet nog niet dat ik het volgende week waarschijnlijk met hem ga uitmaken.'

'Waarom? Je klinkt hartstikke verliefd.'
'Dat ben ik ook. Maarten is echt heel cool. Maar ik wil absoluut geen vaste relatie met hem.'
'Waarom niet? Dan leer je elkaar veel beter kennen en zo.'
Florien schrok van haar eigen woorden. Ze klonken behoorlijk truttebollig! Ik klets maar wat, dacht ze, ik weet eigenlijk niks van Renko, we vrijen alleen maar. Ik ben hopeloos verliefd op hem en toch heb ik er ook zwaar de pest in dat hij zo anders is dan ik. Maar het uitmaken met hem, nee, dat kan ik nog niet. Het is allemaal zo verwarrend geworden.
'Jij liever dan ik,' tetterde Kims stem aan de andere kant van de lijn in haar oor, 'ik wil gewoon veel vrienden. Lange leve de lol.'

20

Op zondagavond klokslag acht uur belde Renko bij hen aan. Florien verschoot van kleur toen Martijn hem plotseling binnenliet. Ze was net in bad geweest en hing verveeld op de bank te zappen, met haar grote bersloffen aan en haar haren in natte slierten langs haar gezicht en ineens stond hij voor haar neus. De ridder van haar dromen. You Tarzan, me Jane. Ze begon te blozen van verrassing.

'Jij hier?' zei ze ademloos.

Renko knikte en ging naast haar zitten. 'Ik was toch in de buurt. Moest even iets wegbrengen en ik dacht: laat ik eens gezellig langs wippen.' Hij legde zijn arm om haar heen en gaf haar een zoen.

'Dag Renko,' zei haar vader nadrukkelijk van achter zijn krant vandaan. Renko keek op, stak alleen zijn hand omhoog. 'Ook hallo.'

Het werd even stil in de kamer. 'Heb je ook zin in een kopje thee?' vroeg haar moeder vriendelijk. 'Ik was net van plan water op te zetten.' Renko schudde zijn hoofd. 'Nee dank u wel, liever een pilsje.'

Martijn kreeg opdracht om een biertje voor Renko te halen. Morrend verdween hij naar de keuken en kwam even later terug met een glas en een flesje, dat hij ongeopend voor Renko neerzette. Florien kon aan de blik in zijn ogen zien dat hij expres geen flessenopener meegenomen had en benieuwd was wat Renko nu zou gaan doen. 'Bedankt,' zei Renko. Met zijn tanden wrikte hij de dop eraf en hief het flesje op: 'Nou, proost hè?' Toen zette hij het flesje aan zijn mond om een slok te nemen. Het glas liet hij onaangeroerd staan.

'Jij zit bij Florien op school?' vroeg haar moeder. 'Bij haar in de klas?' Florien beet zenuwachtig op haar nagels. Mama wist allang dat dat niet het geval was, waarom stelde ze dan zo'n stomme vraag? Was ze van plan hem aan een soort kruisverhoor te onderwerpen?

Renko veegde met de rug van zijn hand zijn mond af. 'Nee, ik zit in vier Mavo. Ik doe dit jaar eindexamen.'

'O. Ken je haar dan allang?'

Hij nam eerst nog een slok uit zijn flesje voordat hij antwoord gaf. 'Neuh. Ik zit pas sinds september bij haar op school. Hiervoor zat ik op de Don Bosco.'

Haar ouders wisselden even een blik met elkaar. 'Je bent dus in je eindexamenjaar van school veranderd?' vroeg haar vader voorzichtig. Renko knikte.

'Hoe kwam je erbij om dat zomaar te doen? Zoiets lijkt mij toch niet erg gebruikelijk. Of zie ik dat soms verkeerd?'

Renko dronk zijn flesje leeg en zette het daarna met een klap terug op tafel. 'Ik had geen keus,' zei hij koel, 'de conrector raadde me een nieuwe start aan. Op een andere school.' Hij stond op. 'Nou, bedankt voor het bier, ik ga maar weer. Tot ziens.'

'Tot ziens eh...' herhaalden papa en mama tegelijk in koor, 'eh... Renko.'

'Laat jij hem even uit, Florien?' vroeg haar moeder. 'En vergeet je niet dat je haren nat zijn? Je vat op die manier gemakkelijk kou.'

Haar vader verdiepte zich weer in zijn krant.

'Kijk inderdaad maar uit, ijskoningin, er heerst een rotgriep,' zei Renko, 'dat jochie van hiernaast was trouwens gisteren goed ziek, zeg. Hoestte zijn longen uit zijn lijf. Heb je nog erg op je donder gehad van dat mens?'

Haar vader keek ineens op van zijn krant en staarde hen onderzoekend aan.

Florien slikte van schrik een stukje van haar nagel door. Het schoot in haar verkeerde keelgat en ze begon zo verschrikkelijk te hoesten dat ze rood aanliep. Waarom zei Renko nou zoiets stoms?!

Renko klopte op haar rug. 'Dat verwende etterbakkie heeft je al aangestoken, geloof ik,' zei hij uitdagend, 'ik was er al bang voor. Blijf maar lekker binnen, ijskoningin. Ik vind het vanzelf wel.'

Hij draaide zich zo snel om dat het net leek of hij de gang invluchtte. De voordeur viel hard in het slot en even later hoorde Florien hem zijn scooter starten en vol gas luid toeterend wegrijden.

Ze zag de gezichten van haar ouders en bereidde zich voor op hun aanval.

Hoe Florien ook op hen inpraatte en tegenwierp dat ze niet konden oordelen omdat ze hem niet eens kenden, haar ouders bleven halsstarrig volhouden dat ze Renko niet leuk vonden. En waarom dan, hè? Waarop baseerden ze dan hun mening?

'Hij is onbeschoft en ongemanierd,' zei haar moeder, 'hij kan ons niet eens normaal gedag zeggen. Zoals hij binnenkwam!'

'Jij bent stukken slimmer dan hij,' was het argument van haar vader, 'wat zie je in die knul? Hangt als een zoutzak naast jou op de bank uit een bierflesje te lurken en zegt geen boe of bah, geeft alleen antwoord als je hem wat vraagt. En dan dat vreemde verhaal waarom hij van school moest veranderen! Het klinkt eerder alsof hij ervan afgeschopt is. En over welk "mens" had hij het trouwens daarnet? Bedoelde hij daar soms Mariette mee?'

Vlug vlug, papa afleiden! flitste het door Florien heen. Aanvallen was de beste verdediging.

'Jullie begonnen hem meteen uit te horen,' viel ze heftig uit, 'hij kreeg geen enkele kans. En omdat hij er anders uitziet en doet dan jullie gewend zijn, mag je hem niet. Jullie barsten gewoon van de vooroordelen, dat is het! Ik schaam me voor zulke ouders.'

Er viel even een stilte. Martijn bladerde driftig in de tv-gids en deed net of hij aan het lezen was, maar Florien zag duidelijk dat hij met grote oren mee zat te luisteren. Hij was in ieder geval zo verstandig zijn mond te houden en er zich niet mee te bemoeien.

'Florien,' stak haar vader opnieuw van wal, 'laten we over één ding heel duidelijk zijn: we hebben Renko liever niet over de vloer. We kunnen het je niet verbieden om met hem om te gaan, dat gaat ons te ver, maar sinds je met hem bevriend bent, gedraag je je op de een of andere manier anders. We missen je, prinses. We willen graag de oude Florien weer terug.'

'Kleine meisjes worden groot, papa,' spotte Florien, 'misschien moet je daaraan wennen? Dat er in mijn leven meer bestaat dan alleen maar school en cijfers en zo?'

Haar vader schudde zijn hoofd.

'Nee,' zei hij langzaam, 'nee, dat is het niet. Het ligt anders. Je bent sneller aangebrand dan we van je gewend zijn. Minder vrolijk ook. En je maakt meer ruzie met Martijn. Trouwens, Kim zien we tegenwoordig ook bijna nooit meer.'

'En dat is allemaal de schuld van Renko?' merkte Florien sarcastisch op. 'Dat laatste komt jullie vast wel goed uit, want mama vindt haar toch al geen leuke vriendin. Kim gebruikt mij, zegt ze.'

Haar vader zuchtte. 'Goed prinses, als je het niet wilt begrijpen, dan niet.'

'Wat papa bedoelt, is dat we geloven dat Renko misschien een eh... verkeerde invloed op je heeft?' probeerde haar moeder uit te leggen.

Toen ontplofte Florien helemaal. Welke verkeerde invloed?! Waar hadden die twee fossielen van ouders van haar het eigenlijk over?! Wat had Renko hun ooit misdaan dat ze op die manier over hem konden oordelen? Niks toch? Alleen maar omdat ze nu voor de eerste keer iets met een jongen had, reageerden ze plotseling helemaal als antieke meubelstukken!

'En ik ben waanzinnig verliefd op hem,' snauwde ze, 'of je het nou leuk vindt of niet! Wen er alvast maar aan.'

Ze knalde de deur achter zich dicht, rende naar boven en sloot zich op in haar kamer.

21

Gek was dat: als je zo kwaad was geworden dat je het gevoel had dat je bijna stikte in je eigen woede, voelde je je de volgende dag nog steeds helemaal leeg en moe van binnen. Een stilte na een grote storm leek het wel, waarbij er overal afgebroken takken en half omgewaaide bomen over je heen lagen. Als alles in je leven één grote rotzooi was, waar moest je dan in vredesnaam beginnen met opruimen?

Landerig fietste Florien die maandagmorgen naar school. Ze was gisteravond zo razend geweest dat ze daarna niets meer aan haar huiswerk had kunnen doen. Het interesseerde haar eigenlijk ook geen moer meer wat er ging gebeuren als ze dit keer betrapt werd. Dan maar een onvoldoende of eruit gestuurd worden of strafcorveeën. Het enige wat ze nog wilde was Renko zien. Zijn armen om haar heen voelen en hem in haar oor 'kleine ijskoningin' horen fluisteren. Zou hij net zo verlangend naar haar uitkijken als zij naar hem? In haar hart was ze er opeens niet meer helemaal zeker van. Ik ken hem eigenlijk toch niet goed, dacht ze. Hij vertelt zo weinig over zichzelf. Ik weet niet eens wat hij zaterdagavond gedaan heeft. Misschien is hij inderdaad nog uitgeweest.

En wat dan nog? Mag dat dan soms niet van je? Vorige week ging hij toch ook zonder jou uit? zei een klein stemmetje in haar. Of heeft die brief je aan het twijfelen gebracht en ga je hem nu plotseling wantrouwen?

Terwijl ze haar voorwiel in de standaard duwde, besloot Florien bij de ingang van de fietsenstalling op Renko te blijven wachten. Als hij op zijn scooter naar school ging, wat hij geheid deed, dan moest hij sowieso haar voorbijrijden om zijn scooter in het achterste gedeelte van de fietsenstalling te parkeren. Ze konden elkaar gewoon niet mislopen.

Ze zag in een flits hoe Yorick en Lisanne samen kwamen aanfietsen, Lisanne zoals altijd zwaar opgemaakt en Yorick met zijn hand over de hare heen en even vroeg ze zich af of die iets met elkaar hadden. Lisanne zwaaide overdreven uitbundig naar haar. Achterlijke make-updoos, dacht Florien wrevelig, waarom laat je me niet gewoon met rust? Ze groette haar met een kort afstandelijk knikje terug en toen concentreerde ze zich weer op de scooters. Waar bleef Renko?

Toen de tweede bel bijna ging gaf ze het op. Ze gunde zich zelfs geen tijd haar jack op te hangen en stormde tegelijk met de tweede bel het lokaal van Maatschappijleer binnen. Aarzelend bleef ze in de deuropening staan, toen ze zag dat Sleeboom al bezig was het klassenboek in te vullen. De lerares keek verstoord op. 'Ik ben nog op tijd,' verdedigde Florien zich al bij voorbaat, 'ik ga echt geen briefje halen, hoor.' Sleeboom glimlachte grimmig. 'Wat vervelend nou voor je, Florien,' merkte ze op, 'dat je zelfs na bijna vier jaar op deze school nog steeds niet weet dat je in de klas je jas nooit mag aanhouden.' Florien liep naar achteren, liet haar rugtas van haar schouder op de grond glijden en ging naast Kim zitten. 'Als ik hem in de gang hang, wordt hij gestolen,' zei ze brutaal, 'u heeft er heus geen last van.'

De lerares keek haar ernstig aan. 'Heb je me nou begrepen of moet ik het nog eens voor je herhalen? Die jas moet uit. Dan stop je hem maar in je locker.'

Florien stond met een zucht op. 'Goed goed, ik ga al.' Ze moest zich beheersen om niet de deur hard achter zich dicht te trekken. Stomme Sleebommetje!

Terwijl ze beneden in de garderobe haar jack in haar locker propte, zag ze hem ineens en haar hart sloeg een slag over van opwinding. Renko! Hij stond aan het einde van de gang vlak bij de glazen klapdeuren met Willemijn te praten en aan zijn strakke gezicht te zien had Willemijn kennelijk net iets gezegd wat hem niet beviel.

'Hoi!' riep ze blij.

Hij is er, hij is er, hij is er, zong ze inwendig. Vergeten waren haar sombere gevoelens, haar twijfel. Lieve Renko met je blauwe ogen, je bent de enige die mijn maandagmorgen weer helemaal goed kan laten beginnen.

Ze wilde op hem afrennen, zich in zijn armen werpen, zijn hoofd naar beneden trekken om hem een zoen te geven, maar tot haar verbazing kwam hij dit keer niet naar haar toe. Zodra hij haar zag, draaide hij haar zijn rug toe en liep met grote passen weg, haar in verwarring achterlatend.

In de grote pauze stond Renko niet op zijn gewone plaats bij de lockers. Florien wachtte er minstens tien minuten en ging toen op zoek naar hem. Op de monitor bij de ingang las ze dat de eindexamenleerlingen die lid wilden worden van de stuntcommissie om één uur verwacht werden in lokaal 15 in verband met de voorbereidingen. Shit, zou Renko zich daar voor opgegeven hebben? Zonder dat zij er iets van af wist?

Snel glipte ze het trappenhuis in en zei tegen Dijkhuizen, die in de studiehal boven aan het surveilleren was en haar tegenhield, dat ze zich bij Visser moest melden. Hij knikte en liet haar door. Toen ze langs lokaal 15 liep, vertraagde ze haar tempo en wierp vlug een blik naar binnen.

Het lokaal was vol leerlingen, maar het kostte haar geen moeite om er Renko tussen te ontdekken. Ze zag hem onmiddellijk, hij zat vooraan op de eerste bank, met zijn rug naar haar toe. En naast hem, half tegen hem aangeleund, zat Willemijn. Hè? dacht Florien verbaasd. Zij doet helemaal geen eindexamen, ze zit toch in de vijfde? Wat doet ze dan hier? Ze bleef voor de glazen wand naar hen staan kijken.

Renko had niets in de gaten. Hij was duidelijk iets boeiends aan het vertellen, want Willemijn en de anderen hingen aan zijn lippen. Hoe Willemijn hem aanstaarde! Alsof ze hem met haar ogen probeerde te verslinden! Florien voelde hoe ze de neiging kreeg de deur open te rukken en haar in haar gezicht te slingeren dat Renko van haar was. Hoor je me, trut, hij is van mij! Maar ze rechtte haar rug en liep verder. Ze moest doen alsof er niets aan de hand was en gewoon weer naar beneden gaan en na de eerste bel haar lokaal opzoeken. Ze kon ook niet anders, want er was ook niets gebeurd. Behalve dan dat ze vandaag zomaar jaloers was geworden en nou ineens niet meer geloofde dat Renko haar trouw zou blijven.

En die gedachte deed best wel pijn.

'Weet je,' zei Kim 's middags toen ze samen naar de fietsenstalling liepen, 'je moet het je niet te erg aantrekken dat hij er niet was. Die Renko is echt een verschrikkelijke aso! Hij denkt dat ie alles kan maken, alleen maar omdat hij zo'n stuk is. Je moet hem dumpen, Flo. Zo snel mogelijk. Dan voel je je vanzelf een stuk beter.'

Florien schudde haar hoofd. 'Je kent hem niet. Hij kan ook heel lief en zacht zijn.' Ze stond op het punt haar te vertellen hoe aandoenlijk zorgzaam hij Bram had ingestopt. Maar op de een of andere manier durfde ze het niet. Kim lachte haar geheid uit. Dat ze daarop had gelet! Hebben jullie al stiekem vadertje en moedertje zitten spelen?

'Ja, als het hem uitkomt,' hoonde Kim. 'Als hij zijn zin krijgt. Anders wordt hij hartstikke vervelend.' Terwijl ze de spin over haar rugtas trok en aan haar bagagedrager vastbond, zei ze terloops over haar schouder: 'Ik zal je het telefoonnummer van die Walter geven. Bel die dan eens op, misschien kan die je wat meer vertellen. Die kent Renko al heel lang.'

'Al vanaf de kleuterschool,' vulde Florien droog aan, 'en dat is heel, heel lang.'

Ze barstte uit in een hysterische lachbui, toen Kim haar niet-begrijpend aankeek.

22

Klokslag acht uur wachtte Florien in het speeltuintje. Het was koud buiten. Er stond een ijzige wind die dwars door haar heen sneed en hoewel het pas begin november was, leek het net alsof de winter al bijna was aangebroken.

Rillend sloeg ze haar sjaal nog eens om haar nek. Ze bleef hooguit een kwartier wachten, nam ze zich voor, en dan zou ze teruggaan naar huis en hem opbellen dat hij nooit, nooit meer hoefde te komen, dat het uit was, klootzak die je bent, je hebt me vandaag twee keer laten barsten, toen ze in de verte het geluid van een naderende scooter hoorde. Ze voelde een kleine steek in haar buik van spanning. Vlug ging ze op de schommel zitten en begon zich af te zetten.

De scooter maakte een korte scherpe bocht en remde. Renko stapte af. 'Hoi.'

Florien stak glimlachend haar hand op. 'Ook hoi.' Steeds hoger ging de schommel. Ze had het gevoel dat ze naar de sterren vloog. Haar hoofd tuimelde om van allerlei dingen die ze hem wilde zeggen of vragen, maar ze zweeg. Eerst hij, dacht ze.

Hij bleef een tijdje met zijn handen in zijn zakken naar haar staan kijken en toen zei hij plotseling: 'Het is mij te koud hier. We gaan naar jouw huis.'

Florien remde met haar voeten en sprong van de schommel. 'Oké.' Dat kwam eigenlijk wel goed uit ook, mama en papa waren al weg naar hun vaste kaartavondje op maandag en op haar kamer konden ze rustig met elkaar praten.

Martijn zat in de kamer beneden televisie te kijken, toen Florien haar hoofd om de deur stak en zei dat ze weer thuis was en boven op haar kamer cd's ging luisteren en niet gestoord wilde worden. Hij bromde iets onverstaanbaars terug. 'Zelfs niet door de telefoon,' zei ze nadrukkelijk. 'Als er voor mij gebeld wordt, zeg je maar dat ik er niet ben.' Hij knikte.

Renko wachtte onzichtbaar in de gang. Ze legde haar vinger tegen haar lippen dat hij stil moest zijn en ze slopen samen de trap op.

Voorzichtig trok Renko haar deur achter zich dicht en keek onderzoekend om zich heen. 'Echt een meidenkamer,' zei hij. 'Jezus, wat een troep.' Hij plofte neer op haar bed en maaide met één beweging van zijn arm al haar knuffelbeesten van haar hoofdkussen op de grond. 'Kom eens naast me liggen, kleine ijskoningin.'

Hij trok haar in zijn armen dicht tegen zich aan en begon haar langzaam te zoenen, terwijl zijn vingers op knoopjesjacht gingen. Eerst haar blouse en bh los, de rits van haar spijkerbroek half open... Daarna zijn handen overal op haar blote huid, onderzoekend, strelend...

Duizelig maakte ze zich los uit zijn omhelzing en stond op. Ineens voelde ze zich met hem zo vlakbij helemaal verlegen worden. Haar bh slobberde als een los velletje om haar heen, haar broek hing schuin op half zeven, o help, waar was ze nou eigenlijk mee bezig? Het was duidelijk waar dit naar toe ging en ze wilde het zelf ook wel graag, maar hoe eh... hoe moest je dat nou precies doen? Het ging zo snel ineens.

'Ik eh...' Ze slikte krampachtig. 'We moeten eerst praten. Er is zoveel wat ik van je wil weten. Ik ken je nog niet zo goed, wilde ze zeggen.'

Maar ze kon geen woord uitbrengen.

Hij glimlachte naar haar. 'Relax. Zet maar effe een cd op.'

Ze keerde hem haar rug toe om zogenaamd haar rij cd's te bestuderen. De eerste cd die ze zag... van wie was die? Vlug de naam voorlezen.

'Welke wil je horen? Shania Twain?'

'Maakt me niet uit. Wat jij leuk vindt. Zo'n eerste keer moet altijd iets speciaals hebben.'

Met zijn handen onder zijn hoofd gevouwen keek hij toe hoe ze met trillende vingers de cd uit de plastic hoes haalde en in de cd-speler legde.

Toen de muziek klonk, trok hij haar weer naar zich toe, sloeg het dekbed half over hen heen en fluisterde in haar oor: 'Je bent van mij. Alleen van mij. Ach, je bent zo'n lief klein meisje. Ik word helemaal gek van je.'

Onzeker vroeg ze zich af of ze dit als een compliment moest opvatten. 'Ik eh...' begon ze opnieuw.

Hij legde even zijn hand op haar mond. 'Stt. Niets zeggen. Laat mij maar mijn gang gaan. Ik zal heus voorzichtig zijn, dat beloof ik je.' Hij schoof zijn broek van zijn heupen en liet hem naast zich op de grond vallen. Vervolgens begon hij haar verder uit te kleden.

'Maar Renko...'

'Nou niet meer zeuren, ijskoninginnetje. Massa's meiden zouden er jaloers op zijn dat ik met je wil neuken en jij gedraagt je nu opeens als een preuts braafje.'

Hij boog zich over haar heen, viste uit de zak van zijn broek zijn portemonnee tevoorschijn en pakte uit het zijvakje een condoomverpakking die hij langzaam begon open te scheuren.

Het deed even pijn, dat wel, maar het was zo gebeurd en Renko was daarna zo aanhalig verliefd, zo teder en vrolijk tegen haar, dat Florien er geen spijt van had.

'Weet je wat ik nou zo bijzonder aan je vind, Florien van Slooten met twee o's?' zei hij ten slotte, terwijl hij het puntje van haar neus zoende en zich van haar af liet rollen. Ze legde haar hoofd op zijn schouder en keek nieuwsgierig naar hem op. 'Moet ik raden, Renko Goudriaan met o u? Mijn mooie achternaam? Of de kakkerbuurt waar ik woon? Welke van beide?'

Hij grinnikte. 'Allebei fout gegokt. Dat je geen make-up doos bent, daar viel ik voor. De meeste meiden maken zich veel te zwaar op. Als je hen zoent, proef je altijd hun make-up en daar ga ik compleet van over mijn nek. Bij jullie op school zit een meid, die zoveel troep op haar gezicht smeert dat je haar al van een afstand kunt ruiken. Echt waar: ik lieg niet, ik weet het uit ervaring. Maar bij jou heb ik daar geen last van. Jij gebruikt zelfs geen lippenstift, geloof ik. Nou effe stil blijven liggen, ik moet even iets controleren.'

Hij rommelde met zijn handen onder het dekbed, haalde het condoom tevoorschijn, onderzocht het zorgvuldig aan alle kanten en vloekte toen hartgrondig.

'Wat heb je gedaan?' hijgde Kim opgewonden aan de andere kant van de telefoon.

Florien zuchtte. 'Ik ben met hem naar bed geweest. En toen bleek het condoom geklapt te zijn.'

Kim was even stil. 'En wat nu? Het is al half elf.'

Tja, wat nu? Florien wist het ook niet. 'Dat vraag ik juist aan jou,' zei ze zacht.

'Morgen moet je naar de huisarts,' besliste Kim, 'de morning-afterpil halen. Je kunt beter geen risico nemen.'

Florien kreunde. 'Dat kan niet. Dan wil mama onmiddellijk weten waarom ik naar de dokter ga. En als ik niks zeg, kunnen ze het later ook aan de rekening zien.'

'Shit,' mompelde Kim, 'daar heb je gelijk in. Daar had ik nog niet aan gedacht.'

Ze zwegen verslagen.

'De Rutgers Stichting?' opperde Kim. 'Ik geloof dat ze ergens in Den Haag zitten. Ik weet alleen niet precies waar, maar je kunt hun adres zo opzoeken in het telefoonboek. Als je daar eens naar toe ging?'

'Ik durf niet,' piepte Florien benauwd.

'Je moet,' drong Kim aan. 'Zal ik anders met je meegaan?'

'O ja alsjeblieft, als je dat wilt doen? Ik durf echt niet in mijn eentje! Hoe regelen we dat dan?'

'We gaan gewoon direct morgenochtend om half negen ernaartoe. Dan spijbelen we voor een keertje bij Vermeulen. We zien wel wat er dan gebeurt. Met een beetje geluk heeft hij het niet in de gaten en schrijft hij ons niet eens in het klassenboek op. En anders pech. Enne...Flo?' Kims stem klonk opeens nieuwsgierig.

'Hmm?'

'Beetje vreemde vraag... enne... gaat me eigenlijk ook niks aan ook, maar eh... Hoe vond je het nou?'

'Wat?' Floriens gedachten dreven als sombere schapenwolkjes in haar hoofd rond. Ik geloof dat ik als er een berg tegen morgen opzie, peinsde ze. Voor de eerste keer in mijn leven spijbelen. En dan ook nog alles aan zo'n vreemde arts vertellen! Ik ben hartstikke blij dat Kim met me mee wil gaan.

'Flo?'

Vaag begon het tot haar door te dringen dat Kim aan de andere kant van de lijn op haar antwoord zat te wachten.

'Eh... wat vroeg je ook alweer?'

Kim schoot in de lach. 'Als je zou meedoen met weekendmiljonairs, had je nu allang de hulplijn van het publiek moeten inroepen. Dat, je weet wel, wat je vanavond met Renko gedaan hebt. HET. Was het leuk, fijn, lekker, heb je ervan genoten? Flo, ik brand van nieuwsgierigheid, ik wil alles van je horen.'

'Nou goed dan, als je het maar niet verder vertelt,' verzuchtte Florien, 'eerlijk gezegd had ik er meer van verwacht. Eigenlijk stelde het niet eens zo veel voor. Erop en eraf, dat was het wel zo'n beetje.'

Er viel even een kleine stilte aan de andere kant. Toen zei Kim langzaam: 'Wat een klootzak is hij toch. Hij heeft je volgens mij gewoon gebruikt.'

23

Bij de receptie moest Florien haar naam opgeven. 'Je mag ook een andere naam gebruiken,' zei de assistente vriendelijk toen ze Floriens gezicht zag betrekken, 'als je de volgende keer als je weer hier komt dan in ieder geval wel dezelfde naam opgeeft, zodat we gemakkelijker je gegevens kunnen opzoeken. Nou, heb je al een mooie naam voor jezelf bedacht?'

'Floor eh... Slootmans,' mompelde ze en Kim en zij moesten er allebei in hun zenuwen verschrikkelijk om lachen. Ook haar leeftijd werd genoteerd en toen zei de assistente dat ze nog even moesten wachten. De dokter zou dadelijk bij hen komen.

Ze liepen zwijgend naar de wachtkamer en ploften naast elkaar op de stoelen neer.

'Je gaat mee, hoor,' zei Florien nerveus tegen Kim. 'Ik wil niet alleen.'

Ze pakten allebei een tijdschrift van de tafel en begonnen er verveeld in te bladeren.

Toch duurde het ruim een uur en drie tijdschriften voor ze aan de beurt waren en naar binnen geroepen werden.

De dokter bleek een gezette vrouw te zijn van middelbare leeftijd, die hen allebei vragend aankeek en toen vriendelijk zei: 'Ik ben dokter Kapteijn. Wie van jullie is nu Floor Slootmans?'

'Ik,' zei Florien kleintjes. 'Zij komt mee voor de gezelligheid.'

De arts gebaarde dat ze konden gaan zitten. 'Eerste keer dat je bij ons komt, geloof ik?'

Florien knikte verlegen.

'Vertel maar. Wat is er aan de hand?'

En Florien begon.

Ze kon goed luisteren, die dokter. Ze onderbrak haar geen

enkele keer en maakte af en toe wat aantekeningen in haar dossier. Toen vroeg ze wanneer Florien voor het laatst ongesteld was geweest.

Florien dacht even na. 'Ik geloof een paar weken geleden,' aarzelde ze, 'ik let er eigenlijk nooit zo op, wanneer ik het word.'

Dokter Kapteijn hief haar hoofd op en keek haar aan. 'Hoe groot is de kans dat je nu in je vruchtbare periode zit?'

Florien beet zenuwachtig op haar lip en sloeg haar ogen neer. 'Ik zou het niet weten,' zei ze zacht.

'Weet je, ik heb deze informatie van je nodig om goed te bepalen welke morning-afterpil ik je het beste kan adviseren, een lichte of een zwaardere,' legde dokter Kapteijn geduldig uit, 'ik stel voor geen riscio's te nemen nu je zelf aangeeft dat je het niet precies weet en daarom raad ik je de zwaardere aan. Je hebt alleen wel kans dat je er een beetje misselijk van wordt. Maar daar zal ik je iets voor meegeven.'

Florien schoof onrustig heen en weer. Geen prettig vooruitzicht.

'Leuk is het niet voor je, dat begrijp ik ook wel,' zei dokter Kapteijn meelevend, 'je moet die vriend van je maar eens uitleggen dat hij eerst eens een beetje gaat oefenen met die condooms. Hij is nu niet zo handig bezig geweest.'

Er viel even een stilte. 'Kan ze niet beter aan de pil gaan?' vroeg Kim onverwachts.

'Een prima idee. Maar eh...' De arts keek Florien even peinzend aan. 'Je zei daarnet dat je pas twee weken iets met hem hebt? Wat weet je van zijn seksleven voordat hij jou kende?'

Florien begon langzaam te blozen. Ineens was ze zich pijnlijk bewust van Kims aanwezigheid.

Maar Kim deed net of ze niets hoorde en staarde naar haar nagels.

'Niet veel, kan ik uit je reactie concluderen? Dan zou ik als ik jou was straks naast de pil voorlopig ook nog condooms blijven gebruiken. Voor de zekerheid. Tot je ervan overtuigd

bent dat je geen enkel gevaar loopt om alsnog een geslachts-
ziekte op te lopen.'

Ze schoof haar stoel opzij en stond op. 'Ik zal je nu direct de
morning-afterpillen meegeven, Floor. En een recept voor de
pil. Bij de receptie kun je alles contant betalen. Nou meiden,
prettige dag verder en sterkte met alles.'

Ze schudde Florien en Kim de hand en leidde hen naar de
deur. 'Mochten er nog vragen zijn of zich nog problemen
voordoen, dan mag je gerust weer langskomen. Afgesproken?'

In een mum van tijd stonden ze weer buiten op straat.

Zodra ze op school aankwamen, keken Kim en Florien
onmiddellijk op de monitor of hun namen er al stonden en
ja hoor: 'Kim Verbeek en Florien van Slooten in de grote
pauze zich melden bij de conrector,' las Florien hardop. Ze
staarden elkaar aan.

'Shit,' mompelde Kim, 'die rottige Vermeulen is er snel bij,
zeg. Wat een eikel! Als hij ook eens zo vlug zijn proefwerken
nakeek, zou ik hem bijna aardig gaan vinden.'

'Wat moeten we nou doen?' vroeg Florien zich hardop af. 'Je
kan Visser toch moeilijk vertellen waar we vanmorgen
geweest zijn? Dat gaat hem niks aan. Maar straks belt hij naar
huis op dat we gespijbeld hebben en dan hang ik alsnog.
Want mama en papa gaan natuurlijk helemaal flippen als ze
horen waarom.'

'Spijbelen is spijbelen,' zei Kim beslist. 'Wat interesseert hem
de reden nou? Als hij die per se wil weten, zeggen we
gewoon dat we geshopt hebben. Eigenlijk is dat ook zo,
alleen hebben we iets anders gekocht dan normaal.'

Toen kregen ze allebei de slappe lach.

Halverwege de ochtend voelde Florien dat de morning-
afterpil ging werken. Het begon eerst met een wee gevoel in
haar maag dat van minuut tot minuut erger werd. Maar het

duurde niet lang of haar lichaam bestond alleen nog maar uit golven misselijkheid die aanzwollen en weer afnamen. Godallemachtig, wat voelde ze zich beroerd. Ik geloof dat ik moet overgeven, dacht ze ongelukkig.

Ze stak haar vinger op. 'Mag ik even naar de wc?' De leraar knikte.

Lisanne draaide zich naar haar om. 'Je ziet groen,' zei ze spottend, 'zeker de verkeerde make-up gebruikt? Vindt je vriendje het eigenlijk wel goed dat je je opgemaakt hebt? Meestal heb jij zo'n echte puur-natuur-look over je.'

'Kop dicht, Lisanne,' viel Kim uit, 'bemoei je eens met je eigen zaken.' Lisanne glimlachte fijntjes.

Florien strompelde haar bank uit, met haar handen voor haar buik. Ze kon nog net op tijd de wc halen voordat ze zich op haar knieën voor de toiletpot liet vallen en alles eruit gooide. Jammer genoeg bleef ze ondanks dat haar maag nu leeg was nog steeds dat misselijke gevoel houden. Blijkbaar duurde het wat langer voordat die andere pilletjes hielpen. O, wat was dit erg.

Ik meld me af bij de conciërge, dacht ze, ik ga naar huis en duik mijn nest in. Ze bekijken het maar met zijn allen.

'Hé,' zei haar moeder verrast, 'ben je nu al thuis? Viel er iets uit?'

'Ik ben ziek,' mompelde Florien, 'ik moet de hele tijd overgeven.' Met haar hand voor haar mond rende ze naar de wc, rukte de deur open en probeerde de kokhalsneigingen te onderdrukken. Het lukte niet. Weer moest ze overgeven, maar nu kwam er alleen nog maar gal uit. Met een stukje toiletpapier veegde ze haar mond schoon en leunde met haar voorhoofd tegen de koude tegels. Wat een ellende. Nu begreep ze pas goed wat er bedoeld werd met 'je ziek als een hond voelen'.

'Zal ik een kopje thee voor je zetten?' O mama! Een nieuwe golf van misselijkheid overspoelde haar. Benauwd schudde ze nee.

'Heb je iets verkeerds gegeten?'
'Ik denk het.' Eigenlijk was dat nog wel een beetje waar ook.
'Zal ik de dokter bellen en vragen of hij je er iets voor kan geven? Misschien heb je wel een fikse maagdarminfectie.'
'Nee hoor, hoeft niet mam,' weerde Florien haastig af, 'het gaat vanzelf wel weer over. Er is niks aan de hand.' Ze liep langzaam de trap op. 'Kun je me straks een emmer geven?'

Pas twee dagen later ging Florien weer naar school. Hoewel ze protesteerde en verklaarde dat ze zich weer helemaal beter voelde, moest ze van haar moeder verplicht nog één dag uitzieken. Met een licht schuldgevoel lag Florien de hele dinsdag beneden op de bank televisie te kijken, terwijl ze aan alle kanten volgestopt werd met lichtverteerbare kleine hapjes. 'Langzamerhand houd je alles wel weer binnen, hè?' constateerde haar moeder tevreden. 'Nog een geluk dat je er geen diarree bij hebt gekregen.'
'Bofkont,' zei Kim 's middags door de telefoon, 'zo wil ik ook wel eens schoolziek zijn.'
Ze zat vol met verhalen over school. Ze was bij Visser geweest en die had haar flink op haar lazer gegeven. 'Nog een keer spijbelen en dan word je geschorst,' had hij gezegd. Ze mocht nu vrijdagmiddag twee uur gaan corveeën. 'En jij hoeft niets, omdat je ziek werd. Niet eerlijk.' En wist Florien al dat het sinds het weekend aan was tussen Lisanne en Yorick? Ze liepen nu de hele tijd in de aula hand in hand. Belachelijk gewoon!
'En weet je Flo, dat die domme doos Yorick de hele tijd stiekem onder de les liefdesbriefjes zit te sturen, op het meest achterlijke postpapier dat je je kunt voorstellen? Als ik hem was, zou ik me doodschamen.'
Hun aanstellerige gedoe ergerde Kim mateloos en leverde minstens tien minuten stof tot commentaar op. Maar ze zei geen woord over Renko. Het leek wel of ze zijn naam zelfs angstvallig probeerde te vermijden. Telkens als Florien naar

hem wilde vragen, schakelde Kim op een ander gespreksonderwerp over.

Ten slotte besloot Florien tot de rechtstreekse aanpak over te gaan. 'Heb je Renko nog gezien?'

Het werd even stil aan de andere kant. 'Jaaaaah,' aarzelde Kim.

'Vroeg hij nog naar mij?'

'Daar had hij geen tijd voor,' zei Kim ontwijkend. 'Hij was druk bezig.'

'Hoezo?' Floriens onrust groeide. 'Waarmee dan?' Zeg nou eens wat je bedoelt, dacht ze. Zo snap ik er toch niks van.

'Nou?' drong ze aan.

'Hé Flo, ik moet nu ophangen,' zei Kim vlug, 'Vera wil geloof ik bellen.'

Voordat Florien nog verder iets had kunnen zeggen, werd de verbinding verbroken.

Kim probeert iets voor me te verbergen, dacht Florien ongerust, ik ken haar lang genoeg om dat in de gaten te hebben. Waarschijnlijk heeft ze zich weer lopen ergeren aan Renko. Maar waarom wil ze me dat dan niet gewoon zeggen?

24

'Je hebt niets van je laten horen,' verweet Florien Renko woensdagmorgen vlak voordat de eerste bel ging. Ze was expres vroeg naar school gegaan om hem niet mis te lopen en had hem opgewacht bij de fietsenstalling. 'Ik lag thuis mijn hele ziel en zaligheid eruit te kotsen en jij belde me niet eens om te vragen hoe het met me ging. Heb je gisteren dan niet gemerkt dat ik er niet was?'

Renko draaide een shag en likte voorzichtig aan de vloei om hem daarna vast te plakken.

'Natuurlijk wel,' zei hij bedachtzaam. 'Maar zo zit ik niet in mekaar. Ik loop niemand achterna. Trouwens, waarom zou ik? Je bent er nu toch weer?'

Ze zwegen.

Hij is in deze twee dagen veranderd, dacht Florien, hij reageert zo koel, het is net of hij een vreemde voor me geworden is. Ik heb nog geeneens een zoen van hem gehad. Het maakte dat ze zich ook opeens onwennig en niet op haar gemak voelde. Zou dat komen omdat ze nu voor het eerst met elkaar naar bed geweest waren? Ging je je dan plotseling anders gedragen, omdat je als het ware de oude vertrouwde manier van met elkaar omgaan even was kwijt-geraakt en nu een nieuwe manier moest vinden?

Maar ze wist dat het daar niet alleen aan kon liggen. Nee, er kwam ook nog iets anders bij. Mijn gevoel naar hem toe lijkt wel verdwaald, dacht ze. Ik herken mijn eigen gevoelens niet meer. Ik had me er eigenlijk best wel iets van voorge-steld om echt met hem te vrijen en zo en ik durf hem nu niet eens te vertellen dat het me achteraf tegengevallen is. Waarom begint Renko er zelf niet over? Kan het hem dan niks schelen hoe ik het gevonden heb?

Zorgvuldig klopte Renko op zijn zakken om zijn aansteker te vinden. 'Hebbes,' zei hij triomfantelijk. Hij stak de sigaret aan, nam een trekje en blies peinzend de rook in haar richting. 'Vanavond kan ik niet,' zei hij plotseling. 'Ik heb andere plannen.'

'Wat dan?'

Zijn mond vertrok zich vol afkeer. 'Meiden zijn altijd hetzelfde,' barstte hij uit, 'zodra ze denken dat je verkering met hen hebt, moeten ze altijd precies van je weten wat je aan het doen bent. Ze gunnen je gewoon geen meter vrijheid meer. Als ik je zeg dat ik vanavond niet kan, moet dat voldoende voor je zijn.' Hij stak groetend zijn hand op.

Florien keek diezelfde andere kant uit. Ze zag Willemijn aan komen rijden die even een korte zijdelingse blik in haar richting wierp en toen snel doorfietste. Had ze het goed gezien dat Willemijn ook vluchtig haar hand naar hem had opgestoken? Ach welnee, ze had het zich gewoon verbeeld.

'Zie ik je straks weer in de grote pauze?' vroeg ze.

Hij haalde zijn schouders op. 'Misschien. Ik weet nog niet. Ik zit nu in de stuntcommissie en misschien hebben we straks weer vergadering. Je ziet me wel vanzelf verschijnen.'

Hij zei het op zo'n ongeïnteresseerde toon dat ze eruit kon opmaken dat het voor hem een heel lage prioriteit had of ze elkaar wel of niet zouden spreken. De examenstunt was voor hem duidelijk belangrijker.

Toen de eerste bel ging, trok gaf Renko haar naar zich toe, drukte een haastige zoen op haar lippen en mompelde: 'Ach, je bent een lief ijskoninginnetje. Ik heb je eigenlijk best wel gemist, hoor.'

Pas toen herkende ze hem weer een beetje.

Dit keer lag er een dichtgeplakte envelop in haar locker. Nauwelijks had Florien het deurtje opzij geklapt, of er walmde haar een licht geparfumeerde bloemetjesgeur tegemoet. Aarzelend bleef ze ermee in haar handen staan, draaide hem om en om en zag hoe de roze schaduwhartjes flauwtjes door het papier heen schemerden. Natuurlijk weer van datzelfde meisje afkomstig.

Ze zuchtte onbewust. Zou ze de envelop openscheuren en het briefje lezen? Zou ze weer die gemene jaloerse woorden tot zich laten doordringen en haar humeur tot onder het vriespunt laten brengen?

Nee. Die lol gunde ze haar niet. Wat haar betrof mocht die rotmeid volledig in haar eigen jaloezie gaar koken. Ze versnipperde de envelop in duizend stukjes die ze omhoog gooide en naar beneden liet dwarrelen. Kon de corveeploeg straks lekker opruimen, dacht ze grimmig.

'Wist je dat Renko ook in de stuntcommissie zit?' vroeg Florien aan Kim, terwijl ze in de grote pauze het trappenhuis inliepen. Kims reactie verbaasde haar. 'Daar is geheid niks van waar,' zei Kim vinnig. 'Dat stuk onbenul zit pas op onze school en dan al zo'n erebaantje? Kom op, zeg! Dat geloof je toch zelf niet? Heeft hij je dat wijsgemaakt?'

Ze stonden stil bij de deur van de conrector. Florien duwde het absentiebriefje van haar moeder door de gleuf en hoorde hoe het met een plof aan de andere kant op de grond belandde. Geregeld. Ze rechtte haar rug.

'Natuurlijk geloof ik hem,' merkte ze koel op. 'Waarom zou ik niet?' Maar haar hart barstte bijna uit elkaar van ingehouden woede. Ze wist zelf niet goed op wie ze nou kwaad was: op Renko omdat hij zo'n onwaarschijnlijk verhaal aan haar probeerde op te hangen, of misschien juist wel op zichzelf omdat ze zo verschrikkelijk naïef was geweest om in zijn sprookjes te geloven.

'Dan gaan we nu langs lokaal 15,' besliste Kim even koel, 'kijken of er weer vergadering is. Als Dijkhuizen ons snapt, zeggen we dat we even een brief naar Visser moesten brengen. En dat is nog waar ook.'

De deur van lokaal 15 zat op slot.

Florien zag Renko onmiddellijk toen ze even later samen met Kim de aula binnenliep. Hij stond voor de kantine en leunde een beetje schuin voorover en ze wist, zonder dat ze het meisje had gezien, met wie hij aan het praten was. Ze zag hem lachen en herkende dat kleine, aandoenlijk scheve lachje van hem dat nu zo'n pijn deed om te zien, omdat het niet voor haar bestemd was. En Willemijn, die uitsloverige, irritante misselijke Willemijn uit 5VWO die de hele school van gezicht kende, zij lachte ook, met een hoog klokkend lachje dat achter uit haar keel vandaan leek te komen. Ze hadden duidelijk plezier met elkaar.

Bruusk draaide Florien zich om en liep met grote passen weg, maar Kim draafde achter haar aan en hield haar aan haar trui tegen.

'Nee Flo,' zei ze dringend, 'je blijft hier. Je gaat net doen of er niets aan de hand is. Kom op, meid. Je laat je niet kennen, hoor.'

Kim sleurde haar bijna mee naar die twee bij de kantine. Renko reageerde aangenaam verrast toen hij Florien zag, maar nauwelijks had Willemijn haar gezien of ze verdween naar de andere kant van de kantine en ging daar staan helpen, terwijl ze ondertussen scherp op hen bleef letten.

'Stuntcommissie ging niet door,' zei Renko langs zijn neus weg, 'ik zocht je al, maar je was nergens te vinden.'

Er lag een onverschillige uitdrukking op zijn gezicht, dat wel, maar hij leek zich op de een of andere manier ook niet op zijn gemak te voelen. Om zich een houding te geven doorzocht hij zijn zakken, haalde zijn aansteker eruit en speelde er een tijdje mee, vlammetje aan, uit, tot het hem verveelde. Daarna was hij druk doende zijn haar weer in model te brengen.

Florien zag hoe hij telkens steelse blikken in de richting van Willemijn wierp. De muur van spanning tussen hen groeide. In haar hoofd denderden hele rijen van onuitgesproken woorden als een trein voorbij. Ze had zin om in huilen uit te barsten, hem zijn huid vol te schelden, in zijn gezicht te slaan. Maar Kim bleef haar strak aankijken en Florien begreep dat Kim haar onmiddellijk hiervandaan zou sleuren als ze haar zelfbeheersing verloor. Ze was opgelucht toen de bel ging.

'Daaag Renko,' riep Willemijn overdreven luidruchtig van de andere kant van de kantine, 'tot gauw hè?' Kim en Florien werden door haar genegeerd.

'Wat een kuttenkop,' siste Kim tussen haar tanden door en ondanks alles moest Florien daar toch even om lachen.

25

Om half acht 's avonds hield Florien het op haar kamer niet meer uit. Zodra ze 's middags uit school was gekomen, was ze naar boven gestormd en had zich in haar kamer opgesloten onder het mom dat ze de volgende dag een zwaar proefwerk had, dat meetelde voor haar eindexamen. Nee nee, ze hoefde ook niet mee te eten, ze had toch geen trek.

Maar ze had al die tijd niets gedaan, alleen doelloos voor zich uit gestaard met haar handen in haar schoot en zich proberen voor te stellen wat Renko nu precies vanavond ging uitvoeren. Waarom hij geen tijd voor haar had.

In gedachten zag ze telkens voor zich hoe hij samen met Willemijn... Ze was er helemaal kriebelig van geworden. Als ze nu niet snel een daad ging stellen, werd ze geheid hartstikke gek!

Ik lijd aan ontwenningsverschijnselen, dacht ze met lichte zelfspot, terwijl ze de gang inliep naar de slaapkamer van haar ouders, ik ben verslaafd geraakt aan Renko en nu ben ik aan het afkicken, omdat ik hem zo weinig gesproken heb de laatste paar dagen. Ik moet... ik moet even zijn stem horen. Maar in haar hart wist ze dat de waarheid anders was: de twijfel had bij haar nu definitief wortel geschoten. Een afschuwelijk gevoel.

Met trillende vingers van de zenuwen toetste ze zijn telefoonnummer in. Laat hem zelf opnemen, hoopte ze inwendig, dan is dat een goed voorteken. Dan is hij in ieder geval thuis en kan ik gewoon neerleggen zonder mijn naam te noemen.

Maar ze kreeg zijn moeder aan de lijn. Op haar vraag of Renko er was, reageerde zijn moeder nogal korzelig. Ze had er geen idee van, zei ze, waar dat jong uitging. 'Ik geloof dat ie eerst van plan was bij Walter langs te gaan om aan zijn scooter te klooien. Dat kreng moest nog meer opgevoerd worden,' meldde haar stem aan de andere kant, 'hij zou tegen tienen thuis zijn, heb hij beloofd. Ger, hou je nou es effe je harses dicht, ik ben toch aan de telefoon. Wat is er dan? Eén momentje.' Er klonk een korte klik, gevolgd door een kleine stilte en even later kwam ze weer terug aan de lijn. 'O, dat was gisteren. Vanavond is hij weggereden zonder te zeggen waarheen.'

'Zoudt u hem kunnen vertellen dat ik gebeld heb?' vroeg Florien op haar allerbeleefdste en vriendelijkste toon. 'Ik heet Florien van Slooten.'

'Moet je eens goed luisteren, meid,' zei zijn moeder in de hoorn, 'als ik dagelijks alle boodschappen van die meiden die hem opbellen moet onthouden om aan hem door te geven, heb ik er een dagtaak bij. Ik ben geen wandelend ant-woordapparaat. Je regelt het maar zelf.' Toen smeet ze de hoorn op de haak.

Haar woorden staken Florien vlijmscherp. Ze sloop naar haar kamer terug, verblind van ingehouden tranen, en gooi-de zich languit op haar bed en bleef er doodstil liggen, ter-wijl ze haar tranen de vrije loop liet gaan.

Om kwart over tien uur besloot Florien nog een keer te bel-len. Tot haar opluchting kreeg ze Renko nu wel zelf aan de lijn. 'Hoi,' zei ze zacht. 'Met mij. Jammer dat we elkaar van-avond niet gezien hebben.'

Verkeerde opmerking, verweet ze zichzelf, nu is hij er abso-luut van overtuigd dat je achter hem aanloopt.

'Hoi Florien,' zei Renko neutraal, 'ik dacht al dat jij het was. Mijn ma had al zoiets gezegd. Ik stond net op het punt om je terug te bellen.'

Ze zwegen. Hij liegt volgens mij, flitste het door haar heen. Hij zegt het om mij een beetje zoet te houden, maar hij was het helemaal niet van plan. Ik hoor het aan zijn stem.

'Nog leuke dingen gedaan?' flapte ze eruit en op hetzelfde moment kon ze zichzelf wel voor de kop slaan. Het leek wel of ze hem op een slinkse manier aan het uithoren was om precies te controleren wat hij uitgespookt had.

'Neuh,' bromde Renko, 'niet echt. Een beetje op de scooter rondgereden. Ik ben nog even in Noordwijk geweest en weet je wie ik daar tegenkwam?'

'Nou?' Ik wil het eigenlijk niet horen, maar vertel het me, vlug! Voordat mijn jaloerse nieuwsgierigheid nog meer gaten in mijn hart brandt.

'Die ene meid die vaak in de kantine meehelpt. Weet je wel: die met die paardenbek.'

Dat één klein woordje, bestaande uit drie simpele lettergrepen, zo prachtig kon klinken! Zeg het nog eens, Renko, vind jij Willemijn echt een paardenbek hebben? Er begon iets in haar te zingen.

'O.'

Waarom kon ze nou niets anders bedenken dan zo'n onnozel kort antwoord?

'We hebben ergens wat gedronken en toen heb ik haar naar huis gebracht,' vervolgde Renko, 'ze had een lekke band.'

Dat was een valse noot in haar vreugdestemming. Florien sloot even haar ogen. Ergens achter in haar nek voelde ze hoofdpijn opkomen.

Wat toevallig... Hoe is het mogelijk? Wat toe-val-lig...

Zou ze Willemijn morgen een bombrief sturen? Zo eentje die in haar gezicht zou ontploffen en haar paardentanden ter plekke uit haar mond zou slaan, zodat ze nooit meer dat rottige lachje kon laten zien? Waarschijnlijk had ze expres zelf haar band kapot gebeten, met die paardenbek van haar.

Misschien was een korte waarschuwende brief dat ze van Renko af moest blijven ook al voldoende. Ja, dat was een goeie, een brief in schuine blokletters op roze hartjespapier en doordrenkt met een goedkoop stinkende bloemetjeslucht. Ha! Niet erg origineel, wel doeltreffend! Met moeite onderdrukte Florien een hysterische lachbui.

'Ik ben zelfs nog even mee naar binnen geweest. Aardige pa en ma. Heel anders dan de jouwe,' ging Renko onverstoorbaar door, 'geen gezeik over school en zo.' Lag er even een bittere ondertoon in zijn stem?

Het was niet eerlijk, dacht ze, hij schoot nu duidelijk met scherp, terwijl zij niet gewapend was.

'Nou, ik moet nu ophangen, hoor,' zei hij plotseling, 'ik wil nog effe wat aan mijn huiswerk doen. De mazzel.'

Klik. Dat was alles. Geen welterusten, kleine ijskoningin. Alleen klik.

Verbouwereerd wilde Florien de hoorn neerleggen en toen voelde ze bijna op hetzelfde moment hoe ze boos begon te worden.

'Dit pik ik niet van je,' siste ze tussen haar tanden door. Ze toetste zijn nummer opnieuw in en kreeg de in-gesprek-toon te horen.

Na twintig minuten gaf ze haar pogingen op.

26

'Ga je mee vanavond stappen?' vroeg Renko op vrijdag-
middagmiddag. Ze stonden samen op het parkeerterrein en
het leek bijna weer als vanouds. Bijna. Toch was er iets tussen
hen veranderd, iets ondefinieerbaars. Florien kon niet zeggen waar het nou precies aan lag. Op de een of andere
manier gedroeg Renko zich naar haar toe afstandelijker,
maar daarnaast verloor hij haar ook geen moment uit het
oog. Hij maakte een gespannen indruk, alsof hij een bokser
was die om haar heen aan het dansen was en niet goed wist
wie de eerste mep zou uitdelen.

Renko hield zijn arm om haar heen geslagen en wreef zijn
neus tegen haar wang. 'Hmm, lekker zacht ben je toch, ik
heb zin om weer eens uitgebreid met je te vrijen. Nou, wat
doe je?'

Florien schudde haar hoofd. 'Ik kan niet. Geen tijd.'

'Geen tijd?' spotte Renko. 'Gelul. Volgens mij mag je
gewoon niet van je ouders, geef het maar eerlijk toe.'

'Niet waar,' verdedigde Florien zich, 'ik heb toevallig andere
plannen.'

'O ja natuurlijk, ik had het kunnen weten. Florien Braafmans gaat eerst gezellig samen met mammie en pappie en
broertje lief op de bank een portie zitten zappen. Hoeoe,
gevaarlijk hoor! Allemaal enge films! En als ze uitgebuisd is,
o jee, dan wordt de spanning nog meer opgevoerd met een
spelletje mens-erger-je-niet. Wedden dat je pappie en mammie je daar zelfs nog bij laten winnen ook? Die zijn al bang
dat je een nachtmerrie krijgt als je met zwart moet spelen.
Laat staan dat je dan ook nog verliest, dan slaap je 's nachts
geheid helemaal niet meer.'

Met een kwaad gezicht trok hij zijn arm terug en zweeg
even. Toen barstte hij uit: 'Ik weet donders goed waarom je
niet met mij mag uitgaan van je pappie en je mammie.
Omdat ze mij niet zien zitten voor hun keurige dochter. Dat

is de reden.' Florien wilde haar mond openen om te protes-
teren, maar hij maakte een afwerend gebaar in haar richting.
'Ach, laat eigenlijk maar ook zitten,' zei hij kortaf, 'ik vraag
Willemijn wel mee. Daar kan je tenminste lol mee hebben.
Die loopt niet de hele tijd te zeiken.'
Met grote stappen beende hij terug naar het schoolgebouw
en verdween zonder nog om te kijken naar binnen. Florien
staarde hem na. Het leek wel of hij expres ruzie had proberen te maken, dacht ze geschrokken.

'Geen sprake van,' zei haar moeder vastbesloten, 'je bent
vorige week al geweest en je kent onze afspraak: één keer in
de maand.'
'Een eenzijdige afspraak die ik hierbij nu opzeg,' hield Flo-
rien even koppig vol. 'Ik ga wèl. Je kunt me niet tegenhou-
den.'
'O nee?'
'Nee. Tenzij je me op mijn stoel vastbindt natuurlijk.' Als
twee kemphanen stonden ze tegenover elkaar.
Florien balde haar vuisten. 'Verdomme mama, ik ben bijna
zestien en je behandelt me nog steeds als een klein kind.'
'En Kim dan? Gaat die ook?'
Aha, het ging dus goed.
Florien knikte. 'De hele klas,' overdreef ze. 'Iedereen komt.
Alleen ik niet. Ik ben de enige die niet mag, mam. Dat kan je
me toch niet aandoen.'
'Goed dan,' zwichtte haar moeder met een zucht, 'maar dan
wel uiterlijk half twee thuis.'

'Hé Renko,' brulden Cor en Arjan, toen Renko en Florien
samen in De Vier Wezen binnenkwamen. Onmiddellijk kregen ze allebei een biertje in hun handen gedrukt en Cor en
Arjan hieven hun glas op: 'Proost! Op jullie prille geluk!
Renk, daar ga je!' In een teug sloegen ze hun bier achterover.

Háár naam wisten ze niet meer, hamerde het door haar heen. In hun ogen was ze gewoon een naamloos aanhangsel van Renko. Zouden ze die opmerking over dat prille geluk soms standaard maken? Omdat er altijd wel een of ander meisje in Renko's buurt rondhing en het hun niet interesseerde wie er nu weer met hem meekwam? Ach ja, de koningin is dood, leve de nieuwe ijskoningin?

'Is Walter er al?' vroeg Renko aan Arjan.

Hij schudde zijn hoofd en antwoordde: 'Nee, hij komt wat later. Hij zou eerst nog die meid van vorige week ophalen, weet je wel, die met die paardenbek.'

Renko maakte een waarschuwend gebaar in de richting van Florien. Bijna onmerkbaar haalde Arjan zijn schouders op. 'Ik heb toch geen namen genoemd,' verdedigde hij zich. 'Ik weet niet eens hoe ze heet, man.'

Toen wist Florien voldoende.

Wat een waardeloze avond! Florien durfde Renko geen moment alleen te laten. Hij was in een mum van tijd dronken geworden en hing nu tegen de bar aan geleund telkens aan de barkeeper te vertellen dat Walter nog moest komen. 'Mijn beste vriend, weet je wel,' lalde hij met dikke tong, 'ik ken hem al heel lang. Vanaf mijn kleuterschool.'

Ze verveelde zich. Cor en Arjan waren allang weer verdwenen en Kim had vanuit de verte naar haar gezwaaid, maar was niet op haar afgekomen om even met haar te kletsen. Ze had het veel te druk met die Maarten, zag Florien. Blijkbaar was het dus nog aan tussen hen.

Soms aaide Renko over haar wang en mompelde in haar oor dat zij heus, echt waar, de liefste ijskoningin was die hij ooit had gehad, dat hij nooit meer zo'n lieve mooie, brave ijskoningin zou krijgen, ze was... je gelooft me toch wel... de enige echte ijskoningin in zijn leven... hm, geef me eens een zoen, doe niet zo flauw... en al die anderen, ach, eigenlijk vond hij alle ijskoninginnen leuk, hij hield van hen allemaal, maar van haar misschien nog wel het meeste... Hm, waar blijft mijn zoen nou?

Dan trok hij haar hoofd naar zich toe en rook ze ineens de geur van zijn adem, bah, bier met sigaretten, en voelde hoe zijn hand onder haar truitje gleed in een poging om bij haar borsten te komen. 'Nee,' zei ze gegeneerd, terwijl ze zijn arm probeerde weg te duwen en haar gezicht de andere kant op hield om zijn lippen te ontwijken. 'Niet hier in het openbaar.'

Om elf uur stond Walter plotseling achter haar. En wie kwam er in zijn kielzog mee aangehobbeld? Met duidelijk al een stuk in haar kraag?

'Hoi Renko,' kirde Willemijn. Met uitgestoken armen liep ze op Renko af, ging dicht tegen hem aan staan en zoende hem op zijn mond. Ze negeerde Florien volkomen.

'Ach, mijn lieve ijskoninginnetje,' hoorde Florien Renko in haar oor fluisteren, 'ik ben dol op je.'

Had ze dat goed gehoord? Noemde hij *haar* ook zo? Ze beet op haar lip om zich te beheersen en proefde de lauwe smaak van bloed.

'Je moet het hem maar niet kwalijk nemen,' merkte Walter achter haar op. Ze draaide zich naar hem om, haar ogen glanzend van ingehouden tranen, en staarde hem aan.

'Wat bedoel je?'

Walter haalde zijn schouders op. 'Dat Renko dronken is en niet weet wat hij zegt. Zo is hij nu eenmaal. Hij kan er ook niks aan doen dat al die grieten achter hem aanlopen en zich als een gek aanstellen zodra ze hem zien. Hij heeft gewoon sex-appeal. Maar dat wil niet zeggen dat ie niet hartstikke verliefd op je is. Op zijn manier.'

Hij diepte uit zijn broekzak een schone zakdoek tevoorschijn, die hij haar gaf. 'Hier, meid. Veeg effe je mond af. Je lip bloedt. Gadverdamme, je lijkt wel Dracula.' Hij zweeg even. Ze produceerde een klein waterig glimlachje als dank en probeerde krampachtig haar tranen weg te slikken.

'Zullen we effe naar buiten gaan?' vroeg hij ineens. 'Een beetje frisse lucht happen? Laten we die twee gezellig samen dronken zijn.' Even een kort knikje in de richting van Renko en Willemijn. 'Goed?'

27

Het was buiten koud op het strand. Er stond een behoorlijke novemberwind en de golven rolden met flinke schuimkoppen tegen de vloedlijn aan. Ze liepen zwijgend naast elkaar vlak langs de zee op het harde gedeelte van het zand en Florien voelde hoe er bij elke stap een paar schelpen onder haar schoenen krakend braken. Ze hield haar handen diep weggestoken in de zakken van haar jas en rilde af en toe, van de kou of van de spanning, ze wist het niet precies, maar Walter had er duidelijk geen last van. Hij zette er zo'n vaart in dat ze hem soms met moeite kon bijhouden.

Toen ze een stuk van de vuurtoren verwijderd waren en het strand zich donker en verlaten voor hen uitstrekte, hield hij stil en liet zich languit neerploffen in het zand.

Met zijn armen onder zijn hoofd gevouwen staarde hij omhoog.

Florien volgde zijn voorbeeld en probeerde de poolster te zoeken, haar herkenningspunt van waaruit ze altijd gemakkelijk de andere sterrenbeelden kon opsporen. Het was een heldere nacht, zodat er veel sterren zichtbaar waren. Het moest vast niet moeilijk zijn om hem te vinden.

'Daar is ie,' zei Walter ongevraagd, 'de poolster.' Verbluft volgden haar ogen de richting die zijn vinger aanwees. Kon hij gedachten lezen?

'Renko heeft me geleerd hoe ik hem kon herkennen. We zaten toen in groep vijf, geloof ik,' ging Walter door, 'wij samen op het strand op onze rug omhoog turen en hij me maar uitleggen hoe al die sterren eruitzagen. Avonden lang achter elkaar, tot ik ze allemaal uit mijn hoofd kende. En onze ma's telkens razend, omdat ze niet wisten waar we zo laat nog uithingen.'

'Renko?' herhaalde Florien onnozel. Walter grinnikte. 'Ben je daar verbaasd over? Heeft ie het nooit over zijn hobby gehad? Hij weet alles van sterren en zo af. Hij heeft het plafond in zijn kamer zelfs zwart geschilderd en er het heelal op nagetekend.'

Er viel even een korte stilte. Onzeker vroeg Florien zich af wat ze hierop moest antwoorden. Ach joh, ik weet eigenlijk niks van hem? Renko vertelt geen barst over zichzelf?

In plaats daarvan zei ze kortaf: 'Ik ben nog nooit thuis bij hem geweest.'

Ze was benieuwd wat hij hierop zou zeggen, maar Walter reageerde niet op haar opmerking.

Het zand begon ineens koud op te trekken, voelde ze. Snel stond ze op en schudde de korrels van haar jack en broek. 'Laten we teruggaan,' voegde ze eraan toe. Ze waren al veel te lang weggebleven. Wie weet wat Renko en Willemijn ondertussen allemaal samen uitgespookt hadden.

Toen Florien en Walter De Vier Wezen binnenkwamen, was het er zo vol en rokerig dat ze in de drukte Renko niet direct konden ontdekken. De muziek stond keihard aan. 'Hij zal wel aan de bar zitten,' brulde Walter in haar oor. Ze knikte. Met hun ellebogen wurmden ze zich een weg door de mensenmassa heen en daar hing Renko half schuin op een kruk en half tegen Willemijn aan, die haar armen om hem heen had geslagen en bezig was hem te zoenen.

Florien voelde haar drift oplaaien. Ze balde haar vuisten en wilde op het tweetal afstormen, Renko uit Willemijns omhelzing losrukken, haar gezicht in elkaar timmeren, haar tong uit haar mond rukken en haar ogen uitkrabben. Maar Walter hield haar bij haar arm tegen.

'Ach joh,' schreeuwde hij tegen haar, 'laat je niet door hem opnaaien, zo is hij nu eenmaal. Hij kan nooit nee zeggen tegen een lekker wijf en daarom komt ie altijd in de problemen. Die meid op zijn vorige school heeft er zelfs voor gezorgd dat hij van school moest.'

Tranen van machteloze woede sprongen in haar ogen. Ze probeerde zich los te rukken, maar Walter trok haar mee naar een rustiger gedeelte en wachtte tot ze zich weer onder controle had. 'Pilsje?' vroeg hij. Ze knikte. Hij verdween en kwam even later weer terug met twee biertjes.

Toen hij zijn glas leeg had, liet hij een boer en verzuchtte: 'Daar had ik wel even behoefte aan. Wat was ik ook alweer aan het vertellen? O ja, over die ene meid van Renko. Dat was me een stuk. Godsamme wat een lekker lijf had die. Dat wist ze zelf ook wel, ze gedroeg zich ongeveer of ze miss Don Bosco herself was. Ze liep altijd met van die halfblote truitjes dat je haar navelpiercing goed kon zien. Wolken parfum om haar heen waar je misselijk van werd. Nou, hij heeft het één avond met haar gehad en toen dumpte hij haar. Was mevrouw beledigd, zeg! Hé, wil je nog een pilsje?'

Florien had zo aandachtig naar zijn verhaal geluisterd dat ze bijna van zijn vraag schrok. 'Nee nee, dank je. Hoe liep het af?'

'Jammer. Ik heb eigenlijk nog wel dorst. Nou, die meid ging roddels verspreiden dat hij drugs dealde en zo. Ze heeft zelfs een keer expres wat spul in zijn gymtas gestopt. Toen heeft Renko haar gewaarschuwd dat hij haar een mep zou verkopen, als ze er mee door bleef gaan. Ging ze opeens gillen. Eindeloos gedonder werd dat. Hij heeft 'r met geen vinger aangeraakt, zegt ie. Maar zij hield vol dat hij... Nou ja, zijn woord tegen het hare, wat wil je? Veel leraren hadden al de pik op hem, vanwege zijn grote bek, en toen ook nog de pech dat haar pa in het schoolbestuur zat en binnen een week hadden ze het voor mekaar gekregen dat hij van school mocht veranderen. Het stelletje klootzakken!'

Walter staarde Florien peinzend aan. 'Ik ken Renko al vanaf dat hij het 's nachts nog in zijn broek deed. Hij is mijn allerbeste vriend. Ik heb hem nooit echt kwaad gezien, alleen toen wel op haar. Helemaal toen ze ging stalken en hem 's nachts ging bellen en zo. En hem eindeloos brieven bleef schrijven. Of was dat alweer die griet van zijn nieuwe school en begin ik ze nu allebei door elkaar te halen?' Hij schudde twijfelend zijn hoofd. 'Hè verdomme, met dat klotsende bier in je buik krijg je alles in je kop niet meer helder op een rijtje.'

'Een meisje bij ons op school?' vroeg Florien verbaasd. 'Heeft hij iets met een meisje bij ons op school gehad? Daar wist ik niks van. Weet je wie het is? Heb je haar wel eens gezien?'

'Nee.' Walter grijnsde ontwapenend jongensachtig. 'Daar heeft het te kort voor geduurd. En dat is maar goed ook, want het moet vast een enorme trut geweest zijn. Ze gebruikte roze hartjespapier met een geurtje. Renko ging meteen over zijn nek, toen hij de eerste envelop openmaakte en die gore lucht rook. Hij heeft nooit haar brieven willen lezen, pleurde ze telkens direct weg. Die meid heeft toch een partij achter hem aangelopen, dat wil je gewoon niet weten! Zelfs toen hij iets met jou kreeg, wilde ze het in het begin nog niet geloven dat het over was. Echt een hardleers type was het. Een megatrut.'

Roze hartjespapier?

Er ging een schok van verrassing door Florien heen. Ze wilde hem vertellen dat zij ook van dat soort brieven kreeg, maar dan vol rotopmerkingen en gemene verdachtmakingen. Zouden ze van hetzelfde meisje afkomstig zijn? Het leek er wel op...

Maar Walter legde haar reactie anders uit. Zijn blik gleed even onderzoekend over haar gezicht. 'Jij bent gelukkig anders. Niet zo'n opdringerige make-updoos als die meid van jullie school, die maar om hem heen bleef fladderen. Misschien dat Renko daarom op jou viel.'

Florien wendde haar hoofd af. Een mager compliment. Was dat het dan? Moest zij het daarmee doen? Florien van Slooten, anders dan de anderen... Nou nou nou, dat klonk even spannend! Om van over je nek te gaan! En hoelang zou Renko haar nog leuk vinden?

'Als je wilt dat het aanblijft, moet je Renko zijn gang laten gaan.'

Kreunend draaide Florien zich voor de zoveelste keer om in haar bed. Die rotwoorden van Walter bleven maar door haar hoofd spoken. 'Hij is nog niet toe aan een vaste relatie. Hij moet eerst zijn eindexamen doen, dat is voor hem nu het belangrijkste. En daarna aan zijn toekomst werken, een goeie vervolgopleiding kiezen en zo. Maar in ieder geval geen gezeik aan zijn kop. Dan haakt hij af. Hij wil gewoon lol maken, meer niet.'

Met een zucht trok ze haar dekbed tot ver over haar oren en probeerde zich van de geluiden van de buitenwereld af te sluiten. Ik wil niet meer horen wat je daarna nog zei, Walter. Ik wil in mijn warme donkere holletje dat hele gesprek met jou zo snel mogelijk vergeten.

'Hij is echt wel dol op je, daar hoef je niet bang voor te zijn, maar ja, het vlees is zwak, hè? Al die hitsige meiden die zich op een presenteerblaadje aanbieden, moet je daar dan plotseling nee tegen zeggen? Terwijl Renko in zijn hart eigenlijk een heel lieve trouwe jongen is. Je moet hem alleen niet het gevoel geven dat hij aan je vastzit. Als je hem gewoon vrij laat aanrotzooien, zal hij altijd bij je terugkomen. Tenzij je hem niet meer wilt natuurlijk.'

Pff, ze kreeg het er benauwd van. Met een zucht duwde ze haar dekbed van zich af en ging rechtop zitten. Haar wekker wees al half vier aan, zag ze, en nog steeds had ze geen oog dichtgedaan. Dat werd morgen dus een waardeloze zaterdag. Ze liet zich weer achterover vallen en vouwde haar handen onder haar hoofd.

'Ga jij straks maar weer met de discobus terug, meid. Ik zorg er wel voor dat Renko veilig thuiskomt.'

'En Willemijn dan?' Ze had met haar tenen gekromd van jaloezie moeten toezien hoe Renko met zijn armen om Willemijn heen wankelend naar buiten verdween en niet meer terugkwam. O shit o shit, nee hè, gingen ze in de richting van het strand? Ze had nog even een beweging gemaakt of ze hen achterna wilde rennen, maar Walter had zijn hand op haar schouder gelegd om haar tegen te houden en haar schuin van opzij aangekeken. 'Laat hen toch lekker samen pierewaaien. Binnen een paar uur heeft hij genoeg van haar gekregen en dan dumpt hij haar vanzelf. Geheid dat ik haar dan straks weer mag troosten.'

Hij had er spottend aan toegevoegd: 'En dan zit ik weer voor een paar weken met haar opgescheept. Dat soort meiden blijft namelijk altijd nog een poosje bij hem in de buurt rondhangen. Alsof ze zichzelf expres moeten bewijzen dat hij echt niks meer met hen wil. Pure zelfkwelling vind ik het.'

Op haar rug liggend staarde Florien naar de lichtstreep op het plafond, die van de spleet tussen de gordijnen afkomstig was. Zou Kim ook op die manier iets met Walter begonnen zijn? Uithuilend op zijn schouder en onderwijl vurig hopend dat Renko misschien jaloers werd en o, alsjeblieft bij haar terug wilde komen? Had Kim er daarom zo zwaar de pest in gehad dat hij iets met haar begonnen was?

Ze sloot even haar ogen. Nee nee, daar wilde ze niet verder over nadenken, ze wist zeker dat Kim niet zo in elkaar zat. En wat maakte het trouwens ook uit? Kim bleef toch haar beste vriendin.

Pas tegen de ochtend viel Florien in een onrustige slaap.

28

'Half drie in het speeltuintje,' zei Florien kortaf in de hoorn, op een toon die geen tegenspraak duldde. 'Je moet echt komen. Ik wil met je praten.'

Renko sputterde nog wat tegen dat hij geen tijd had, dat hij een andere afspraak had, hoe verzon ze nou zoiets onmogelijks op zaterdagmiddag, maar ze verbrak zonder iets te zeggen de verbinding.

De rest van de morgen bleef ze een kriebelig gevoel in haar buik houden. Telkens stond ze op het punt om haar moeder in vertrouwen te nemen en haar te vertellen wat er gisteren gebeurd was, maar eigenlijk wist ze al bij voorbaat hoe haar reactie zou zijn. En dat was nou toevallig het laatste waar ze behoefte aan had.

Maar stel dat mama wel met haar zou meeleven? Nou, haar medelijden hoefde ze al helemaal niet, want dan zou ze misschien wel in tranen uitbarsten en daar had ze absoluut geen zin in. Ze kon natuurlijk ook Kim even bellen. Die zou haar natuurlijk onmiddellijk aanraden het uit te maken met Renko. Ik moet sterk zijn, dacht ze. Ik moet gewoon niet zeuren en het zelf oplossen. Maar ik voel me zo verschrikkelijk alleen en verraden door hem.

Klokslag half drie ging Florien op de een van de schommels in het speeltuintje zitten en zette zich met haar hakken af, zodat de schommel langzaam in beweging kwam. Ze leunde achterover en trok aan de touwen om haar snelheid te verhogen. Haar hart klopte in haar keel van spanning, ze was nog nooit in haar leven zo zenuwachtig geweest.

Ze zag hoe Bram in de verte op zijn driewieler aan kwam racen en zwaaide even naar hem. Bram leek wel een klein Michelin mannetje, zoals hij daar ingepakt op zijn driewieler zat: mutsje, dasje, oorwarmers, jack tot bovenaan dichtgeknoopt.

Ze onderdrukte een kleine zucht. Misschien moest ze een dezer dagen maar eens bij Mariette langs gaan om het met haar uit te praten.

Ze schommelde verder. Kwart voor drie, wees haar horloge inmiddels aan. Renko was laat.

Bram bleef een tijdje op de stoep voor het speeltuintje heen en weer fietsen, terwijl hij ondertussen vanuit zijn ooghoeken nauwlettend Florien in de gaten hield. Toen koerste hij opeens het speeltuintje binnen, klom van zijn driewieler af en ging op de houten brommer zitten. Hij begon te wippen. 'Komt die grote jongen straks ook, Flien?' vroeg hij plotseling.

Ze knikte zwijgend.

'Neemt hij dan zijn helm mee?' informeerde hij hoopvol.

Florien reageerde niet.

Vijf voor drie. Bijna een half uur te laat. Waar bleef Renko nou?

Om precies drie uur hoorde Florien het geluid van een scooter die steeds dichterbij kwam. Haar handen klemden zich steviger om de touwen vast. Doorschommelen, beval ze zichzelf, net doen alsof er niets aan de hand is.

Ook Bram hief luisterend zijn hoofd op. 'Flien!' riep hij opgewonden, terwijl hij zich van de houten brommer liet glijden en naar de ingang van het speeltuintje holde. 'Daar is ie!'

Vol bewondering keek Bram toe hoe de scooter even later een kwartslag om zijn as draaide en vervolgens met zijn wielen pal tegen de stoeprand aan stilstond.

'Een mooi bochtje,' constateerde hij verrukt. 'Mag ik nu weer jouw helm op? Dat had jij me laatst beloofd, hè?'

Hij danste van plezier toen Renko met een flauwe grijns zijn helm afzette, hem voorzichtig over zijn hoofd liet glijden en onder zijn kin vastgespte. 'Even stilstaan, jochie. Weer helemaal beter?' Bram knikte heftig. Renko tikte met zijn knokkels op de helm. 'Houwen zo.' Bram wierp hem door het plexiglas heen een stralende glimlach toe en rende op zijn driewieler af.

Langzaam liep Renko naar de schommels en hield voor Florien halt. Ze staarden elkaar een paar seconden zwijgend aan, tot Renko als eerste zijn blik afwendde. Florien bleef roerloos zitten en liet haar schommel uitschommelen. Renko wachtte en maakte geen aanstalten om op haar af te komen en haar te zoenen.

De stilte benauwde haar. Ze wilde iets tegen hem zeggen, iets heel gewoons en alledaags als 'hoi' of 'hallo', maar op de een of andere manier was ze ineens zo verlegen dat ze geen woord kon uitbrengen. En ook Renko leek een stuk minder zelfverzekerd dan anders. Hij klopte op de zakken van zijn jack en mompelde: 'Shit. Shag vergeten.' Toen pakte hij de touwen van de schommel naast haar beet, sprong met zijn voeten op het zitplankje en begon zich verwoed af te zetten. Florien sloot even haar ogen. Gedraag je nou niet als een flutflensje, zei ze zacht tegen zichzelf, vertel hem nou gewoon wat je dwarszit.

Ze slikte moeizaam.

'Renko,' begon ze aarzelend. 'Ik eh...' Waarom haperde stem nou opeens? Ze had er toch lang genoeg over nagedacht? 'Ik eh...over gisteravond, he, ...toen jij...'

Renko liet zich door zijn knieën zakken en plofte op de schommel neer. Het was net of zijn gezicht iets bleker was geworden. 'Ik weet toch al wat je wilt zeggen,' viel hij haar boos in de rede. 'Ik had het eigenlijk al wel verwacht. Je bent gewoon een trut, net als die anderen. Een beetje lol maken en mevrouw is meteen beledigd. Bah. Het stelt allemaal geen fuck voor. Meiden zijn allemaal hetzelfde. Stelletje zeikwijven.' Hij spuugde minachtend op de grond en schommelde zwijgend verder. Florien wist niet wat ze moest zeggen. Verward beet ze op haar lip. O god, wat was dit moeilijk. Wat had hij dan verwacht? Dat het haar niets kon schelen wat hij deed? Begreep hij dan niet dat ze gisteren bijna ging flippen toen ze hem met die paardenbek naar het strand zag gaan? Zo vreemd was het toch niet dat zij wilde dat hij van haar alleen was? Hij was de eerste met wie zij naar bed was geweest! Nou ja, hij was niet haar bezit, dat snapte ze ook wel. Maar toch.

Ze zocht nog naar de juiste woorden toen hij verder ging: 'Ik zat er zelf ook al over na te denken. Jij en ik, dat werkt inderdaad niet. Jij wilt natuurlijk het liefst dat ik elke avond braaf naast je op de bank televisie zit te kijken en je handje vasthoud. Jammer voor je, ijskoningin, maar de wereld zit wat mij betreft toch anders in elkaar. Je kunt mij niet aan je vastbinden, dat lukt je toch niet. Dat lukt niemand, zelfs mijn ma niet. Ik bepaal zelf wat ik doe.'

Hij sprong van zijn schommel, ging wijdbeens voor haar staan een greep haar touwen met zo'n harde ruk beet, dat de schommel ervan begon te schudden. 'Dus wat wil je nou eigenlijk, Florien van Slooten met twee o's?' Zijn stem trilde van ingehouden woede. 'Dat we één keer met elkaar geneukt hebben, geeft jou nog niet het alleenrecht op mij.'

Hij liet even een kort lachje horen. 'We zijn niet getrouwd, hoor. Ik ben je geen verantwoording schuldig over mijn doen en laten,' voegde hij er spottend aan toe. 'En trouwens, zo bijzonder lekker vond ik het niet eens met je. Ik houd meer van iets geils in bed, jij was me veel te preuts. Duidelijk de eerste keer.'

Haar ogen schoten vol. Wat een gemene rotopmerking! Waarom zei hij zoiets kwetsends? Door een waas van tranen staarde ze langs hem heen in de verte. Was dit echt Renko, de jongen op wie ze zo verliefd was? De klootzak, dacht ze geschokt. Hij weet donders goed dat hij degene is die fout zit. Hij probeert me gewoon te stangen. Ze rechtte haar rug en keek hem strak aan.

'Nou?' daagde hij haar uit. 'Waarom moest ik zo dringend naar het speeltuintje komen? Wat heb je me voor belangrijks te melden? Of durf je het me niet te zeggen? Nou?' Zijn toon klonk agressief.

'Renko,' zei Florien onzeker. 'Ik ben nog nooit zo verliefd op iemand geweest als op jou. Maar eh...' Er gleed per ongeluk een traan over haar wang, die ze driftig wegveegde.

'Ik voel niet meer hetzelfde voor je als in het begin.' Een tweede traan biggelde langs haar neus, maar ze had het niet in de gaten. 'En eigenlijk heb je ook wel gelijk,' voegde ze er onvast aan toe. 'We passen niet bij elkaar. Ik ben echt heel anders dan jij. Ik vind je hartstikke lief en zo, daar ligt het niet aan, maar ik wil daarnaast ook het gevoel hebben dat ik je kan vertrouwen. En dat gevoel heb ik niet.' Ze slikte krampachtig. Verwachtte hij nu echt van haar dat ze stomweg zou accepteren dat hij zich door anderen liet versieren, terwijl zij iets met elkaar hadden? Dat kon je toch geen normale relatie noemen?

'Ik ben verschrikkelijk jaloers als ik zie hoe je met anderen bezig bent,' ging ze door, 'je laat je gewoon opvrijen door elk meisje dat je tegenkomt.' Haar stem bibberde even. Ze snoot haar neus en haalde diep adem. 'En als ik met je uitga, trek je je niets van mij aan en zuip je net zo lang door tot je te dronken bent om nog zelf naar huis te gaan. Dat alles maakt dat ik af en toe gewoon een hekel aan je heb. En dat wil ik niet.'

Ziezo, het was eruit. Moest ze nog duidelijker zijn? Moest ze hem vertellen dat ze diep in haar hart bang was dat ze door zijn lang-leve-de-lol-instelling misschien wel net zo zou worden als dat ene meisje? Zo'n looser die hem telkens ging controleren waar hij was en met wie, omdat ze hem niet aan een ander kwijt wilde raken? Bah. Ze voelde walging in zich opkomen toen ze terugdacht aan de anonieme telefoontjes en dreigbrieven. Nee, dat nooit! In een poging om zich te beheersen duwde ze haar haren met een onhandig gebaar naar achteren. Je moet je wel erg ongelukkig voelen als je je tot zoiets triests laat verlagen, dacht ze. Maar het is eigenlijk ook geen wonder: eerst waanzinnig verliefd zijn en denken dat je de hoofdprijs in de staatsloterij hebt gewonnen en dan als grof vuil aan de kant gezet worden... Ik kan nu tenminste nog de eer aan mezelf houden.

Renko werd rood in zijn gezicht. Hij deed een stap naar voren en trok Florien ruw aan haar arm van de schommel. Toen hief hij zijn hand op en maakte een gebaar alsof hij haar wilde slaan.

Florien rukte zich los en dook in elkaar om zijn slag af te weren. 'Renko, doe niet zo achterlijk!' schreeuwde ze, terwijl ze achteruit deinsde en voelde hoe de schommel tegen haar benen aan stootte. 'Ben je gek geworden?'

Ze was verbijsterd. Was hij kwaad omdat ze het uitmaakte? Wilde hij haar echt slaan? Ze kon het haast niet geloven. Zie je wel dat hij niet deugt, flitsten Kims woorden door haar heen. Ik had je kunnen voorspellen dat dit zou gebeuren. Maar jij wilde mij gewoon niet geloven.

Het was net of Renko op het laatste moment schrok van zijn heftige reactie. Hij bevroor en trok wit weg. Zijn mond vertrok even alsof hij op het punt stond te gaan huilen en toen hervond hij zijn zelfbeheersing en liet zijn arm zakken. 'Ik begrijp het,' zei hij hees. 'Je vindt mij nu natuurlijk een rotjongen, hè? Zo'n klootzak met losse handjes die niet van andere meiden kan afblijven en lekker zijn eigen gang gaat. Een echte aso.' Hij wendde zijn hoofd af. Schaamde hij zich misschien voor wat hij bijna gedaan had?

Florien greep de touwen beet, ging weer op de schommel zitten en haalde diep adem. Even voelde ze de behoefte opkomen om hem gelijk te geven. Toen zei ze toonloos: 'Het doet er niet meer toe wat ik vind. Het is echt over tussen ons. Hoewel ik je nooit meer zal vergeten, want je bent voor mij ook heel speciaal geweest. Maar ik kan niet anders, geloof me maar.'

Hij bleef een paar seconden roerloos naar haar staan kijken en wenkte toen Bram om dichterbij te komen. Al zijn stoere zelfverzekerdheid was ineens verdwenen. Hij zag er verward en ongelukkig uit, alsof hij nog niet begreep wat hem daarnet overkomen was. Renko de macho, voor het eerst in zijn leven gedumpt ...

Op de een of andere manier voelde Florien opeens medelijden met hem. Krampachtig kneep ze zo stevig in de touwen dat de knokkels van haar vingers wit werden. O, ze wilde wel van de schommel springen en op hem afrennen, hem in haar armen nemen, zijn hoofd naar zich toe trekken en hem zoenen! Lieve Renko, ik maakte maar een grapje, natuurlijk ben ik nog steeds waanzinnig verliefd op je. Vergeet maar wat ik allemaal gezegd heb. Maar ze vermande zich. Ze wist dat ze nu moest doorzetten, anders ging ze er zelf aan onderdoor.

'We eh...blijven wel goede vrienden?' vroeg hij aarzelend.

Ze knikte haast onmerkbaar. Ach ja waarom ook niet? Zo'n standaardbelofte was snel gemaakt en je had ten minste het gevoel dat je een beetje positief uit elkaar ging.

Ze keek toe hoe Renko zijn helm losgespte en voorzichtig van Brammetjes hoofd trok.

'Ga je weer weg?' informeerde Bram teleurgesteld.

'Ja.'

'En kom je dan nog eens terug?'

Renko schudde zwijgend zijn hoofd. Besluiteloos stond hij met zijn helm onder zijn armen voor de schommels. Hun blikken kruisten elkaar.

'Nou, dan ga ik maar,' zei hij luid, 'de mazzel, hè?'

Florien knikte. 'Tot maandag.'

Renko draaide zich met een ruk om, liep naar zijn scooter en startte de motor. Nog even wierp hij een laatste blik in Floriens richting, voordat hij met een zucht het plexiglas van zijn helm naar beneden klapte. Toen reed hij vol gas weg. Hij keek niet meer om.

'Jammer,' zuchtte Bram, terwijl hij zijn hand in die van Florien schoof. 'Maar misschien komt hij nog wel eens langs, hè Flien?' Ze trok hem bij zich op schoot en verborg haar gezicht in zijn muts. Het was dus uit. Nu zou nooit meer iemand haar ijskoninginnetje noemen zoals Renko dat had gedaan, op die speciale toon van hem waardoor ze vanzelf helemaal warm werd. Papa zei dan wel prinses tegen haar, maar dat klonk toch anders. Ook al werd ze honderd, ze zou zich altijd blijven herinneren dat Renko haar met dat ene woordje het gevoel had gegeven voor hem bijzonder te zijn.

Ik weet het niet, Bram, dacht ze, terwijl de tranen over haar wangen stroomden. Misschien later? Als hij anders is geworden?

Langzaam begon ze weer te schommelen.

Eerste druk, 2001
Tweede druk, 2002
Derde druk 2003

Met dank aan Wies Obdeyn, arts bij De Rutgers Stichting in
Den Haag, voor haar informatie.

Dit boek is getipt door de Jonge Jury 2003!

Ontwerp omslag: Ivar Hamelink, Haarlem
Foto omslag © Fotostock bv, Amsterdam (First light)

© Uitgeversmaatschappij Holland – Haarlem, 2001, 2003

ISBN 90 251 0859 8
NUR 284/285

Get real

Life

paperback

Bobie Goudsmit
De ijzeren maagd

LifE

Susanne Fülscher

Modellen vallen
niet uit de hemel

Diet Verschoor
Romeo nu

LifE